木下順二集

戦後文学エッセイ選8

影書房

木下順二（劇団民藝提供）

木下順二集　目次

凡例

一、「戦後文学エッセイ選」全一三巻の巻順は、著者の生年月順とした。従って各巻のナンバーは便宜的なものである。

一、一つの主題で書きつがれた長篇エッセイ・紀行等はのぞき、独立したエッセイのみを収録した。

一、各エッセイの配列は、内容にかかわらず執筆年月日順とした。

一、各エッセイは、全集・著作集等をテキストとしたが、それらに収められていないものは初出紙・誌、単行本等によった。

一、明らかな誤植と思われるものは、これを訂正した。

一、表記法については、各著者の流儀等を尊重して全体の統一などははかっていない。但し、文中の引用文などを除き、すべて現代仮名遣い、新字体とした。

一、今日から見て不適当と思われる表現については、本書の性質上また時代背景等を考慮してそのままとした。

一、巻末に各エッセイの「初出一覧」及び「著書一覧」を付した。

一、全一三巻の編集方針、各巻ごとのテキスト等については、同じく巻末の「編集のことば」及び「付記」を参看されたい。

カバー写真＝木下順二作・富山治夫写真・〈山本安英の会〉公演『子午線の祀り』
（岩波ホール編集・発行　一九八〇年二月〈非売品〉）カバー（部分）

木下順二集

戦後文学エッセイ選 8

カミュ『誤解』を読んで――一九五一年に

編集者から与えられた標題は「『誤解』の問題」だったのですが、さてこの戯曲を読んでみたら、尤もらしく「問題」などと論じ出すより、もっとずっとみっともないただの感想をいうほか仕方なくなったようだというのが正直な気持です。みっともないといえば、私とあまり年齢の違わないカミュが、十年近くも前にこの作品を書いているということにおいても甚だ心おさまらざるものがあるのだが、そんなことはまあどうでもいいとして、『誤解』読後の私の感想は、おれは何といい気になってルースな作品を書きとばして来たのだろうという一種の羞恥心。文字通り私は自分の顔が赤くなるのを覚えました。断わっておきますがこれはインフェリオリティ・コンプレクスではありません。それとはちょっとちがったものです。

一口でいえば、『誤解』が古典的だということなのですが、カミュが古典主義者であるかどうかというようなこととは別に、この古典的作品が私にのしかかって来るのです。またこの戯曲の内容、というかカミュの思想というか、そういうこととも別に――というのはちょっとおかしないいかたかも知れませんが、そしてその問題についていうなら、結論としてやはり私はカミュを越えなければならないと思うものですが――しかしとにかく、現在のところ、私はこの『誤解』に閉口頓首しなければいけない、いやせざるを得ない、そしてそうしなければこれを越えることもできないのだということをつくづく感じました。

一つのせりふを読むと、次に誰がどういうせりふをいうかということがはっきり分かるのです。一つの場を読み終わると、次の場はどういうことになるかということが実に明確に分かる。そして読んでみると果たしてその通りになっている。いや、そうではない。もっと正確にいえば、次の部分を読んでみると、ああ果たしてやっぱりこうなる筈だったのだと、実にきちんと納得が行くのです。そういうふうにして芝居が進んで行く。第三幕にはいって半ば近くまで来ると、どうしてももう第一幕に登場していたマリアが再び登場せねばならんことになる。それは一つの古典的必然とでもいうべきものです。果たしてマリアが出て来る。そして当然マルタと正対することになる。これも最初から分かり切っていたことなのだと、つまり当たり前のことなのだと思いながら私は読み続ける。そこのところの私の心理状態をそのままいえば、ちょうど自分がこの戯曲の作者で、現在この戯曲を書きつつあるような気持になってしまっている。私は実に自由にすらすらと『誤解』という作品をいま書きつつある。得意になって私は書き進んで行くわけです。

その時ひょいとそういう自分に気がついて私は頁を伏せる。待てよ、おれならこの先をどう書くだろうという敵愾心です。そうすると一行も進まない。そこでまた頁をあけて「答え」を見る。そうすると正にそうであるべきところの、そしてそれ以外ではあり得ないところの答えがそこに書いてあって、それは全部私に納得が行くのです。最後に老召使が、今まで一度も口をきかなかった、そしてだからこそ最後のここで初めて口をきくべき筈であったところの、しかもそれは正に「はっきりした断固たる声」で「出来ません！」というべき筈であったところの老召使が、はっきりした断固たる声で「出来ません！」といって、そうして幕が下りる。畜生！　と私は思わず口に出して舌打ちをしてしまいました。

それはカミュという個人に対してというより、まず「伝統」というものに対する、嫉妬を含めての舌打ちであったようです。その次にカミュの才能ということが頭に来ました。エリオットの有名なエッセイの標題である「伝統と個人的才能」ということばが、重量ある実体として私に感じられるということになるのでしょうか。

この作品をそのまま日本で書いてみたらという仮定を立ててるとする。そうすると結果はチャチで見るに耐えないものができあがるということになる。こういういいかたは「思想」というものを丸抜きにした考え方だといわれそうだが、そういう意味でいっているのではないのですが、話は違うけれども、イタリー映画の『自転車泥棒』、あれはそのまま日本でつくれる筈の映画だと思えるのにしかし実は決してつくれない、ということとこのことはやはりつながっている。歴史の問題であり伝統の問題であると思うのです。

それから古典的に実にきちんと書いてある。実に一分の隙もないように厳密に書いてある、にも拘わらず、ではなくて、だからこそ実にこの作品は自由であるということを私は痛い程感じました。一語一語が、一行一行が、一場一場が、実に野放図に自由に書かれている。

それからもう一つ、その古典的な厳密なフォルムをいかに現実に密着させるかということに、いかに細かい作者の苦心が——但し意識的と同時に無意識的にも——払われているかということを感じました。四角四面の固苦しいフォルムに依るからこそ、とらえようもなく複雑な現代をこのような深さにおいてこのような面白さで描くことができるのだという、作者の信念のようなものを私は感じました。やや違ったアナロジーになるかも知れないけれど、ヨーロッパ古典劇のあの詩形式で書かれた大げさなせりふ——それはその中に本質的な真実性《リアリティ》を持っているという点で日本の古典劇のせりふと決定的に違っている——を、デクラメイションの厳格なフォルムの上に立っていかに現実的に自由にデクレイムしようかと苦心する俳優のことをも、その時私は思い浮べていました。

　最後に、そういうことを考えて来たあとで私の気がついたことは、すぐれた戯曲は総て古典的フォルムを確実に守っているという平凡きわまる事実です。それはあの突飛といえば実に突飛な形式で書かれているアメリカの『セールスマンの死』までを含めて。そしてカミュの場合はやはりやや特殊だと思いますが。

　どうも果たして大変だらしない感想になってしまいましたが、それが果たしてそうであったというのも古典的必然の一種の結果かも分かりません。無理をして『誤解』論をやるより、とにかく今の私はこの作品に閉口しなければならないしまた事実閉口せざるを得ないという率直な感想の二、三を、そのまま率直に書きつけてみた次第です。

民話について——劇作家として考える

民話を素材にいくつかの戯曲を書いて来たものとして、自分なりの民話に対する考えを書きつけてみようと思う。但しその際、この問題について前に書いた二、三の文章との重複をいとわぬことにする。

戯曲の素材としての民話というものを考えてみると、さし当って二つのことがあるようだ。一つは民話それ自体が持っている意味の問題。今一つは、民話が民衆の間に古くから自然に浸透している話題であるという事実が持っている意味の問題。

まず前の、民話それ自体が持っている意味の問題についていうならば、第一に考えることは、一体民話は現代においてもその本来の形で生命を保っているといえるのであろうか。つまり民話は、今でも山間や海辺のいろりばたで、あるいは眠りに入ろうとしている都会の子供の枕もとで、何らかの現実的意味——楽しみなり訓えなりの——をもって実際に物語られているものなのだろうか。

もしそうであるのなら、民話の内容が持っているそれらの意味を手がかりに、今日の観客に向って何事かを語りかける戯曲をそこからつくることも、あるいは可能なはずである。けれども全般的な傾向としていえば、そういう本来の意味においての民話は、既に亡んで行きつつあるのではないか。

このぼくの推定が一応まちがっていないとすれば――ぼくは一応まちがっていないと思うのだが――ここから三つのことが出てくる。その一つはこういうことだ。民話が亡んで行きつつある理由が何であるかは別として、とにかく年とった人々の記憶の中に現在保存されている多くの話を、とにかくそれなりに考えてみるということ。

そこで現在採集されている話を記録で読んでみると、その大部分は話自体の中に何らかの意味を読みとることがほとんど困難なように見える。話の筋すら一貫していないものが多く、大抵はナンセンスに近い。尤もナンセンスなものがナンセンスなりに意味を持っているということもあるわけだが、少くともこれらの話の多くは、話の意味がわからないゆえに、そのままでは戯曲の素材になりがたいように見える。

ところが、無意味に見えるそのような話が、しかししばしば同じような内容を持って各地に存在する。大きい分類に従えば例えば動物と人間が結婚する話、それを細かく分ければ蛤が、また狐が、また蛙が、または鶴が人間の女房になる話。例えばそういう話が、話の要素は大体において共通なまま、しかしそれぞれ別な話として、日本全国の各地に散在している。あるいは世界の各地に散在している。それがなにゆえだろうという学問的な考察はあと廻しとして、とにかくそういうことがあるわけなのだ。一つの原話が流布されたのかも知れず、あるいは偶然別々に似た話が生れたのかも知れず、しかしとにかくそのようなさまざまな土地に根をおろしているという、結果としての事実があるわけなのだ。そこからこういうことが考えられないだろうか。つまり土地によって少しずつ異なる多くの話の中から共通な要素をぬき出してきて、それらを並べて眺めながら、人間全般に共通な感情、共通な意識、共通な思考の型をその話の中に探り当て、そしてそれらがかつて持っていた意味とは一応関係なしに、現代的な意味を自由につけ加え、自分勝手な幻想を働かせつつ、一つの戯曲をつくりあげる。これが戯曲の素材として民話を扱う場合の一つの態度である。そして今までぼくの書いてきた民話の戯曲は、大体においてこのタイプのものであった。

次にしかし、当然疑問が起ってくる。一体なぜこのような、ぼくたちには意味のわからぬ話がこの世に生れたのだろう。人間によって生み出されたものである以上、少くとも原初において、これらの話は何らかの必然的な意味を持っていたはずでなければならぬ。そこでぼくは古代諸民族の原始信仰に関する書物などを漁り始めるというわけだ。ところがそこに書かれてある説明は、それなりに確かにわかりもするしまた面白くもあるけれども、そのことと現在のぼくたち、現代に生きているぼくたちとのつながりということになると、わかったようでわからないという感じをどうすることもできない。

そこでぼくはもう一度考えてみる。現在民話は、さっきもいったように、既に亡んで行きつつあるといえるようだ。ということは、やっと老人たちの記憶の中にとどまって、もう次の代の人々には語り継がれるということがほとんどないということなのだが、しかし老人たちの記憶の中にとどまっているということは、彼らがその親たちから語り継がれたということであり、だとすればその老人たちが子供であった頃には民話はまだ亡びかかっていなかった、つまり生きていた、つまり意味を持っていたということになるのではないか。

つまりぼくたちのつい前の代、明治時代まではまだ民話が生きていた、意味を持っていたのではないかということをぼくは推測する。そこでぼくは、早速ある話を明治時代というものにあてはめて解釈してみようとする。その話の語られた土地の当時の状態を調べて、それにあてはめつつその話に性急に説明をつけてみようとする。ところがなかなかうまくことが運ばない。都合よくぴったりと行く例など、なかなかみつかるものではない。

そこでもう一度ぼくは、今度はその反対側を考えてみる。なぜ民話はつい先の代まで生きていた（らしい）のに、現代ではその意味を失ってしまっているのだろう。

するとそこには、例えば昔話などをのんびり語っているには現代はあまりにも話題が多過ぎるとか、子供たちが利口になり過ぎているとか、いろいろさまざまな理由が考えられるのだが、それら全部をひっくるめて、どうも日本の近代というところに問題がありそうに思われる。近代以前においては、意味を持ち生きていた民話が、木に竹を継いだようにそれにつながる日本の近代の中では、当然急速に意味を失い死に瀕してしまったのではないだろうか。事実封建農村に語り伝えられて来た日本の民話は、今のぼくたちから見て話の内容そのものがしばしばまことに弱く、そしてあまりにもかけ離れている。それが外国の場合は、もちろんすぐれた詩人や学者による再話や整理ということはあったにもせよ、話の内容そのものが日本におけるほどには弱くもかけ離れてもいないように思われる。

というぼくの推論、あるいは謙遜して想像といってもいいが、この想像をこのまま進めて論じるなら、既に日本の近代化が始まっていた明治時代には既に民話の意味は失なわれかけていたのであり、だからもっと時代をさかのぼって、封建体制の確立されていた頃の農村にあてはめて考えれば、民話の意味はもっとはっきりしてくるはずなのだ。そこでぼくは再び性急に、ある話をその話の伝えられた土地の例えば徳川末期にあてはめて解釈しようとして、そこで再び困ってしまう。なぜかなら、現代の某所で老婆の語るこれこれの話は、直接聞くなり、記録で読むなりでわかるけれども、徳川後期に同じ話がどのように語られていたかは、その頃よほどのもの好きが書きとめておいた帳面でも残っていないかぎり、ぼくにはわからないからだ。佐渡ガ島の鶴女房の話は、銀山という企業が、農民から苛酷な収奪を行なっていた時代には、そのような収奪に対する農民たちの呪いを、今よりももっと具体的に物語っていたかも知れない。年から年中寝たままで大儲けばかりしている三年寝太郎の滑稽な物語は、絞られるだけ絞られていた封建農村の当時にあっては（尤もそれは今も同じことだが）、そのような苛政に対する農民たちの自棄的なまた不貞寝的な気持や、一かく千金に対する痴呆的な夢を蔵して、今よりもっと悲痛な深刻な調子を持った物語であったかも知れない。ただそれを文字に残した記録が残っていない限り、ぼくはそれをそう想像してみるよりほかないというだけのことだ。

確かに想像してみるよりほかないというだけのことだ。しかしこの想像を具体的に、というのは、ある時代のある地方の社会状態をくわしく調べ上げた結果と照らし合わせつつ、現在そこに伝わっている話を当時のものとして再構成してみることは、決して単なる想像ではない。そしてそのように再構成された話は、話そのものとしてはやはり日本的矮小さを持っているかも知れないけれども、その裏に農民たちの激しい哀歓の叫びを響かせているものであるに違いない。ということは、つまりそのような民話の戯曲をぼくは書いてみたいということにほかならないのだが、民話が本来持っていた意味は、そのようにしてしかとらえることができないのだとぼくは思う。そしてそのようにして本来の意味をとらえて初めて、民話が生きていた時代とはさまざまな点で条件の違っている（けれども同時にその頃の尾を未だに曳きずっている）現代に、再び民話を生かす方法が考えられるのだとぼくは思う。

これが戯曲の素材として民話を扱う場合のいま一つの、そしてこれからぼくが試みてみようかと思っている態度である。

何ゆえにことさら民話を現代に生かそうとするかという問いがここで発せられるかも知れない。それはこの稿の最初にいった、「民話が民衆の間に古くから自然に浸透している話題であるという事実が持っている意味」とかかわっている。

民話は、話の内容とは一応別に、それが「おじいさんやおばあさんから」「いろりばたで」語られるものだというようなところに、一種の魅力的なニュアンスを持っている。東京に生れ、東京に育って実際にはそのような体験を全く持っていないぼく自身が、やはりそのようなところに本能的な郷愁を覚えるということは何なのであろう。そのことを少し考えてみる必要があるようだ。

ぼくたちはどこかで民話の「勉強」を強いられた記憶は一度もない。民話の暗記を命じられた記憶も一度もない。だのにぼくたちは様々の民話を、いつどこで覚えたともなく知ってしまっている。いや、自分が生れてから今日までの間に聞いたことも読んだこともない話さえ、ぼくたちは知っているのではないだろうか。「ほととぎすの兄弟」の話を、「団子浄土」の話を、その筋を知らないままに初めて聞かされたとして、しかしそれを聞き終った誰でもが、どうも前からその話は知っていたというふうに感じるであろうことを、ぼくはほとんど確信をもっていうことができる。「団子浄土」の話をぼくたち自身は知らなかったかも知れない、しかしぼくたちの親が知っていたのである。祖父たちや祖母たちが知っていたのである。祖先たちが知っていたのである。しかも彼らもいつどこでその話を「覚え」たのかは覚えていなかったであろう。それは誰にとっても「おじいさんやおばあさんから」「いろりばた」でいつの間にか聞かせてもらった話であったに違いない。つまり民話というものは、何百年かの時間をかけて、代々自然に、いい換えれば「歴史的に」蓄積されたぼくたちの知恵であるわけなのだ。そのように民衆の血となり肉となっている知恵を、仮りに「テーマ」という言葉で呼ぶならば、ギリシア神話はヨーロッパのテーマである。キリスト教も政治もヨーロッパのテーマである。そして確かに日本民話は、日本のテーマの一つである。そしてその民話をふまえて、先にいったような態度のもとに、ぼくはいくつかの戯曲を書いてきたというわけなのだ。かつて桑原武夫氏もいわれたように（五二年二月、「文学」）、演劇というものは、それをふまえて出てくる何ものかを必要とするものなのである。

ここで、この一節の初めに出した問にたどりつくことができたようだ。即ち、何ゆえにことさらに民話を現代に生かそうとするのか。答えは簡単である。日本の社会の中にあるテーマをぼくは更に豊かに発展させようと思うからだ。

けれども同時に、次のことを注意しておかなければならない。それは日本にはヨーロッパのように力強くエネルギッシュなテーマがあるのだろうかということである。日本民話とギリシア神話を対比することは滑稽であるかも知れない。しかしギリシア神話に対する日本のテーマとしては、民衆の中への浸透度からいって日本民話が考えらるべきだとぼくは思って敢えて対比するのだが、エディポス王の物語一つを眺めてみても、その中に含まれている問題が、ここではいかに複雑であり巨大であり強烈であることか。そしてそれにくらべて日本の民話がいかに素朴であり矮小であり穏和であることか。そして民話に限らず一般に日本のテーマとヨーロッパのそれとのこのような違いは、先にも一言触れたように歴史と伝統との問題であり、今ぼくはそれを論じようとは思わないが、何れにしても三百年の鎖国という変態的な時代の後に続く天皇制下の「近代日本」に、複雑巨大な強烈なテーマが甚だ少なかった——あるいはそのように見える——ということは、一応の事実とみなしてよいのであろう。

しかし最も大切な問題は、歴史の必然としてこのことを客観的に観察することにあるのではない。そのような不幸な歴史の直中に置かれているのはどこの誰でもなくてまさにこのぼくたち自身である。現実の日本の社会の中からすぐれたテーマを探り出してくるよりほか、ぼくたちには方法がないのだ。と同時に、力強いテーマをぼくたち自身でつくり出して行くよりほか。既に本来の意味を失いつつ、しかもなお日本のテーマである多くの民話を、現代社会の中に豊かに実らせて行くのはぼくたちのつとめでなければならない。と同時に、力強い民話をぼくたち自身でつくり出して行くことも。

そうして事実、まだはっきりと形は成さないながら、「現代の民話」の種がぼくたちの社会の中に生れきつつあることは疑いがない。その種は、突飛なようだがあるいは「税金」であるかも知れない。「再軍備問題」であるかも知れない。「菅証人事件」であるかも知れない。ぼくはぼくなりに戯曲を書く人間としての立場から、これらテーマの素材ともいうべきもの——それらは確かに複雑であり強烈である——を、現代という決定的な瞬間において生々しく定着させたいと思う。それはぼくたちがぼくたちの祖先の遺産を継承し、そこから新たな伝統をつくり出して行くためにどうしても必要なことなのだ。菅証人事件にヒントを得て書いた『蛙昇天』というつたない現代劇を、だからぼくはぼくの民話劇の系列の一番はじに置きたいと思う。それはこの意に充たぬ戯曲が、それなりに人々の間に、現実に起った一つの大きな事件を典型化された問題とする、つまりその話題を「民話」になるところまで持って行くのに、少しでも役に立てばということにほかならない。民謡については今触れているゆとりがないが、先日イタリア映画の『にがい米』を見て、日本では既に死んでしまっている田植唄が、そこでは集団の意思の疎通をはかるという実用的目的を以て激しい調子で唄われているのを、甚だ興味あるものに思った。ぼくたちの社会にぼくたちの唄が必要であると同様、この文章の初めにいった「何らかの現実的意味」を古来の民話に見出してそれを現代に生かして行くことも、それから更に新しく「現代の民話」をつくり出して行くことも、共に必要であり更にまた可能なことなのだとぼくは信じている。

日本が日本であるためには

あのころは選択が簡単だったが、今はそれはまことに困難であるということを、あるところでサルトルがしみじみと語っていた。あのころというのは、ナチ・ドイツがパリを占領していた時期である。ドイツ人と手を結ぶか、彼等に抵抗するか。選択を守り通すのに大変な勇気が必要だったことは確かだが、選択そのものは、あれか、これか、要するに簡単だった。ところが戦後も十数年たった今日では、状況ははるかに複雑で微妙なのである。——

まさに日本にも、このことは当てはまる。先日私は瀬戸内海を旅行してつくづくと考えさせられた。たくさんの無人島を開発して、主として労働者のための健全娯楽の大センターがそこではつくられようとしている。レジャー・ブームは、健全である限りそれ自体としてまさしくいいことであり、大がかりな観光開発がされるということは、たぶんまさしく国力の余裕と充実を示している。日本中が楽しくなることに、私としてもなに一つ異論があるわけはないのだが、ただそういう状況の中で日本国民が、自分として本当はどうありたいのか、日本という国がどうあればいいのかを、主体的に集中的に考えること——サルトルの言葉を借りれば選択という行為を行なうことが、ますますむずかしく、あるいはめんどくさくなってゆくだろうことは確かである。

もっとも選択といったのでは、今日、特別な意味での誤解を招きかねない。右か、左か。あるいは世界的にいえば、東か西か。私がいっているのはそんな単純なことではないのである。だから、ことばを置き換えて、あるいはくり返して、日本人が日本人として主体的に考えを持つこと、といいなおしてもいい。――だがこれは、私などいまごろやっと、それを本気で考えねばならないと考え出している大問題なのだ。

そこでいまは過去をふり返ってみることにして、日本の戦争中、選択はサルトルのいうように簡単だったか？　簡単だった、といえばいえる。戦争協力か、反対か。そして反対という選択を簡単に行なって、そして非常な勇気をもってその選択を一直線に守り通したきわめて少数の、十分な尊敬に値する人々が確かにいたことはいた。

だがそれと同時に、反対という選択を簡単にとりはしたが、そのように一直線にではなく、もっと複雑に、あるいは柔軟に、時として自他ともにその立場があいまいに見えさえする態度でその選択を守ろうとしたところの、それよりはるかに多くの人々がいた。この場合は問題は簡単でない。ミイラとりがミイラになった例もたくさんあるし、柔軟な戦術と思っていたものが、いつのまにか単なる保身の術に変っていたという例も少なくない。だが今日の問題として、この複雑微妙な状況の中で、日本人としての主体を造出してゆくという課題を真剣に考えようという場合、あの一直線の崇高とさえいえるコースよりは、これらの人々がそれぞれにたどった苦渋と苦難の道を考えることのほうが、私たちに多くのことを教えてくれるのではないか。そしてこれらの人々の中で、私が最も関心を持たずにいられないのが、ゾルゲとともに国際スパイ団の首魁として処刑された尾崎秀実という人である。

だがそのような関心を、どうしたら自分の問題として、今日における主体造出のテコとすることができるだろうか。私は最近『オットーと呼ばれる日本人』という戯曲を書いたが、そこにおいて私は、明確に私の関心の対象であるそれらの人々の現実の行動を素材にした。しかしそれらの人々をモデルにしたというには、私の書きかたはあまりに勝手であり、そうかといって、そこからヒントを得たとだけいったのでは、私はあまりに十分に素材を使わせてもらい過ぎている。――という、こういういいかたは、創作方法の上での説明あるいは弁解ということになるかもしれない。だがそのような書きかたで書き終ったとき、それらの人々の中にあったどれだけかの部分が、初めて私のものとして理解できたと思ったことは確かである。

あの第二次世界大戦の前夜、ゾルゲにとっては、特定の一つの国をでなく、直接世界全体を救うことが絶対の関心事であったと考えられる。しかし尾崎には、世界を救うという構想とともに、同時に祖国であるこの日本を、なんとしてでも救おうとしないではいられぬという切迫した気持があった。ゾルゲの任務は広大であるだけ、それだけ困難であった。一方尾崎の任務は、その二重性からくる複雑さをいやおうなしに内容としているだけ、それだけやはり困難であった。そしてそういう二重性、複雑さは、今日レジャー・ブームに沸く平和な日本の中で主体を造出しようと考える人々の上にも、おそらくいやおうなしにおおいかぶさっているのである。日本をどうするか。と同時に、世界の中に日本をどう位置づけるか。状況が楽しくのんきに拡散しているだけ、それだけ選択は――尾崎の生きていた開戦前夜の日本よりは、そしてたぶんサルトルのいるアルジェリア問題のフランスよりも――

困難だといえるかもしれない。

「流される」ということについて

「流される」ということがある。ふつう、人はだれも自分が「流されている」ことを喜んで認めようとはしないだろう。にもかかわらず、知らずしらずにか、抵抗しつつか、「流される」ということがある。そして、その人がどのように流されていたのか、どうそのことに抵抗したのか、あるいは決して流されることがなかったのか——それがはっきりと見定められるのは、たぶんやっと次の時代になって、当時のことを客観的に、いいかえれば歴史的に、ふり返って見ることができるようになってからである。たとえば今日、戦争中の自分や他人を、私たちはそういう目でふり返って見ることができる。だが、いまごろやっとそうすることができたとしても、それは手おくれというものではないのか？　現に過去の自分をそうやって見ている今日の自分が、今日現在の流れの中で決して「流されて」はいないのだという保証があるか。むろん多少は、以前より知恵がついてはいるだろう。しかし要するに「多少は」であって、それにつかまれば絶対に流されないという棒くいを、どこかに見つけるなどということは、多少の知恵くらいではなかなかできそうもない。

しかし「歴史をとらえる目」というようなことばを考えてみるとすると、その「目」は、単に過去だから客観的に見うるというだけのものであってはいけないはずだ。自分がまさにその中にいるところの現在をこそ、過去に対するのと同じように客観的に、いいかえれば歴史的に見る「目」で、それはなければならないはずだ。もう一ついいかえれば「棒くい」をどうやってどこに発見するか。

私の答えをまずいってしまうと、そんな「棒くい」はどこにもないということだが、しかし「棒くい」に代わる、あるものの存在を考えることはできる。断っておくが、私のこの考えは、藤島宇内の「日本の三つの原罪」というエッセイに触発されている。

藤島はそこで、沖縄、部落、在日朝鮮人という三つの問題を、日本の近代史における「原罪」だと考えている。原罪というのは、平たくいえば、われわれの祖先が犯してしまったところの、いまさらとり返しのつかない罪であって、しかも今われわれが、免れるべくもなく負わされている罪、ということだろう。つまり、昔のことは「水に流して」しまいましょうというのと、全く逆の意識のことである。藤島があげている三つの問題に共通しているものは、日本の近代がこれら三種類の人々に与えてきてしまった「差別」ということだが、ことがらを国際的に拡げてみると、たとえば朝鮮に対する植民地統治において犯した罪、中国に対する侵略戦争において犯した罪、というようなことがある。その中でたとえば日中友好のことを見てみると、まず（どこの国の国民とでも）仲よくすること、それはいいことだ、という考え方がある。つぎに、以前悪いことをしたから、そのつぐないに、いまいいことをしよう、という考え方がある。

この二通りの考え方に異論のある人は、まずないだろう。だがここでもう一つ、その罪、それはもうとり返しのつかないものだという認識をはっきりと持ってその上で行動を――この場合でなら日中友好という行動を――起すという考え方を日本に持ちこむことは、日本の中に作り出すことはできないものか。日本には絶対者が、つまり神という観念がないから、という議論が、日本の文学に関して戦後何度か起された。それがないから日本の文学はこのようなものでしかありえなかったという、時に自己批判的な、時に現状肯定的な、そして時に絶望的ないくたびかの論議の中で、それではどうやったらそういうものを作り出せるかという話は、しかし一度も出なかったようである。また手軽に出てこないのが当然で、なにしろヨーロッパの絶対者は、したがって原罪意識というものも、何十世紀かの昔の創成にかかり、何十世紀かの時間を屹立し続けてきた存在なのだ。

だから私も、むろん単に類比的な考え方としていっているに過ぎないのだが、だがそういう意味合いにおいてにせよ、ああいう原罪意識というものを、今日の日本の中に作り出すということはできないものか。「ああいう」といったが、その内容の説明はまだ大変に不足している。残った紙数で簡単にいえば、明治以前の国内問題はいま一応別に考えるとしておこう。日本が鎖国をといて世界の中に貧弱な位置を占めてから、たった一世紀のあいだに急速に今日の日本にまでふくれあがってきたその過程の中で、必然的に犯してしまった罪というもの、それを――単に今日への教訓とか、良心の問題としてのざんげという意味においてではなく――今日から明日へかけての原動力となるように、とり返しのつかないものとして意識する方法はないものか。

つまりその方法は、私にもまだよくとらえられてはいないのだが、しかしあの「棒くい」に代わるものとして、私はこのようなことを考えるというわけなのだ。自分から流れに乗るということは、爽快なことであるにきまっている。私もまた今日の太平の余慶を積極的に享楽することにおいて、決して怠惰ではない。そうしていながら、同時に自分が「流されて」いるのかいないのか、どこで一体そのことを見定めうるのだろうという一種の不安が、私を離れない。「歴史をとらえる目」というものがあるとすれば、それは一体どういうものなのか、という、これは問題なのだ。

『沖縄』という戯曲を書きながらの感想である。

一九六五年八月十五日の思想

一九六五年八月十五日という日に関するいろんな記事の中に、相補的な二つの発言があった。まずその二つを、注釈なしに写しとって並べておこう。

一つは八月十四日の各夕刊に発表された首相談話の一部である。

「明十五日、政府は日本武道館で、天皇、皇后両陛下のご臨席を仰ぎ、遺族代表、政界、財界その他各界代表の参列を得て、先の大戦での三百余万戦没同胞のため、全国戦没者追悼式を挙行する。（中略）この式典を政府が主催する趣旨は、あらためて申すまでもなく、国の危急に際して一命を祖国のためにささげた戦没者をしのび、国民全体としてこれらの戦没者を追悼し、感謝の誠をささげようとするものである。（後略）」

いま一つは数日後に出た「サンデー毎日」の中の、あとで触れる「戦争と平和を考える」という徹夜集会の紹介記事の一節である。

「（前略）司会の無着成恭氏（明星学園教諭）が口を開いて、まずこういった。『戦争が負けたときには、どうも天皇の力でいっぺんで、アノおさまったらしいけど、いま天皇の命令でまた戦争をやるといえば、あれと同じようにやるかどうかとか。(中略)あの占領政策では戦犯というかたちで取りあげておきながら、あのロウヤから出てきた人はどんどん総理大臣になったりしているのは、あれはどういうわけだとか(拍手。司会者イイゾのやじ)、だいたい、そういうふうなことを、ワサビのようにきかせてほしいと、こういうわけなんです……』(後略)」

この無着氏のことばはほかの場所でも、もっと省略した形でいくつか紹介されている。「週刊朝日」では、「たとえばいま天皇の命令で戦争をやるといえばどうするとか、あるいは戦犯だった人がどんどん総理大臣になっているのはどういうわけだとか、大体こういうことをワサビをきかせて話してほしい」。また例えば「読売新聞」では、「(前略)無着氏が参会者に向かって『戦犯だった人が総理になったりしていることをどう考えるか』というような誘導訊問をした(後略)」(福田恆存「放送法違反」八月二十五日付)――つまり首相談話と同様この無着発言も、広く民衆の眼に触れる機会を持っていたのである。

さて、八月十五日の思想というものがあるといえるのか。毎年八月には大抵のマスコミが原爆と敗戦の問題を特集的に扱い、八月十五日には全国でさまざまな集会が持たれ、そこでは人々が自分の考えを述べ、討論しあい、あるいは懐古的な、時には感傷的な感慨にふけるということがくり返されて来た。そして特に今年は、敗戦二十年ということにおいて――二十年だからなにゆえ特にかということを今別とすれば――それらの企画や催しの数は多く、世間一般での反響もそれだけ大きかったといえる。だがそれにしても、一九六五年八月十五日の思想というようなものがあるといえるのか。

そういうものがあるとするなら、それはまず毎年の八月が、ことに八月十五日が、あれらの企画や催しを通して、この日付の中に包まれている意味の内容と較べればたぶん微量の何ものかを、少しずつ少しずつ民衆の中に遺して来たということがあるはずであり、するとそれらは蓄積され、矛盾をはらんだそういう蓄積が、歴史の歯車を逆転させないまでの力になったとき、初めて八月十五日の思想は形成されたというべきなのだろう。そこで一九六五年八月十五日は民衆の中に何を遺したか。

そう思って今年のその日を考えてみると、二十年は長かったという平凡な感想がまず私に浮ぶ。二十年かかってやっとここまでという思いと、二十年かかってもなおまだという思いとの重なりあったそれは感想なのだが、こう書いて来ながら私は、この書きかたがいかにももどかしいという自分の気持を押えかねる。しかしそのもどかしさの中味を、大抵の人々が予測できるようなことばで手短かに書きしるしてしまうことにどれほどの意味があるかということをまた考える。十五日のいくつかの集会において私は、少なくない「知識人たち」の明快な論断や精細な分析や説得的な主張を聞いた。一般参会者の心情をぶっつけるような発言も聞いた。私自身、明確ではないにしても手短かではある発言をした。そこで自分が聴衆の一人である時も論者である時もしばしば私が感じたことというのは、聴衆の多くが一方交通的に論者の言葉を納得したとして、さてそのことが一体どういう手続でエネルギー化されて行くのだろうかという一種の不安であった。いいかえれば、民衆の中に遺るものはどのようにして遺るといえるのか。それが八月十五日だったから、ことに私はそのことが気になったのだろう。

冒頭に引いた二つの発言は、今年の八月十五日のいわば二つの極を端的にあらわしている発言だが、それが互いに無関係に発言されて無関係な場所に発表され、しかも表現がぴったりと相補的であることにおいて、二つを合わせ読んだ多くの人々の中に遺るべきものを遺し得た一つの場合だと考えられるだろう。そこで私はというと、私の考えをここに手短かに一方交通的に述べるよりは、多少報告ふうに八月十五日をたどってみることが必要なのだろうと考える。

今年の八月十五日は、その前夜にいくつかのことを持った。一つは五時半から法政大学で開かれた、「戦後日本は何をつくったか」という主題による記念集会である。八月三十日付の「日本読書新聞」の記述からその会のもようを写してみると、「平野謙氏が政治と文学について、藤田省三氏が戦後思想の状況について、小田実氏がアテナイとアメリカの民主主義について、それぞれ〝学究的〟とでも形容すべき深さでもって講演をし、また（三百人の）聴衆もほとんどが克明にノートをとりながらそれに聴き入るという」地味な集会でそれはあった。

そのほかに八月十四日の夜は、少なくとも二つのことを持った。最初に引用したあの二つの発言は、偶然この二つのことの当事者のものだったわけだが、首相談話についていえば、「国の危急に際して一命を祖国のためにささげた戦没者を追悼し」うんぬんという表現がひたすら懐古的かつどれだけか感傷的であることにおいて、またこの表現を現在にも未来にも適用することは「あらためて申すまでもなく」怪しむに足りないというニュアンスがそこから読みとれることにおいて、典型的だったといえる。

八月十四日の夜が持ったもう一つのことというのは、無着発言が問題になった「戦争と平和を考える」という名の「二十四時間集会」で、これは関東一円には十二チャネルを通して放映され、内容は相当程度まで新聞や、前記の週刊誌などで伝えられたし、全部の速記録も近く刊行される。

だからここでは印象にとまった二、三のことをしるすにとどめるが、あの地味な法政大学での記念集会に引き続いてそれがプリンスという名のホテルのローヤルという名のホール＝国際会議場で、当世流にいえばデラックスな環境の中にしかも徹夜で行われ、しかもその全経過をテレビに流すという企画はさまざまな意味でこれまでの日本のこういう集会のイメージを破り、一種のショックをもって参加者と世間にこの集会を印象づける効果を持った。定刻十時の少し前、ホテルの外には入場を待つ若い人々の列が並び、既にそこから一つの熱っぽい空気が感じられた。九階へあがると会場のロビーにはコーヒーやジュースやクッキーやホットドッグやそれからヴェトナム関係のパンフレットやを売る卓子が並び、薄暗い間接照明の中を忙しげに行き来する人々、坐って話しこむ人々、すべてが一種の期待に充ちた興奮状態をつくりだしているように見えた。「戦争と平和」という主題だけからくる興奮というより、主催者「八・一五記念集会実行委」の演出によって成功的につくりだされたそれは雰囲気だったというべきだろう。

定刻に会は始まり、華やかな照明のもと、正面左手に「知識人」——という呼びかたはやはり再考すべきだったろうと私は思うが——が十人質問者として、並び、右手に十一人の「政治家」が質問の受け手として並び、その間に三人の司会者が並んでいる。第一部「ヴェトナム問題を考える」が午後十時から、桑原武夫、鶴見俊輔両氏の司会と最後に久野収氏の「まとめ」によって翌朝の四時前まで、あと無着氏の司会による第二部「体験談——戦中戦後を考える」と小田実氏の司会による第三部「未来への展望」が朝六時まで、連続八時間というプログラムであった。二十四時間集会という意味は、引き続いて十五日当日に都内各所で行われる諸集会を一連のものと考えてのことである由を、出る者に確かめたわけではないが、のちに私は伝え聞いた。

最初に左手の中の一人、坂本義和氏が、ヴェトナム問題をどう考えるかについて明快で精緻な分析を、討論の前提として行った。桑原氏が、この集会は、その参会者の中にテレビの視聴者もはいるとして、結論を出すためにやるのではなく、いっしょに静かに考えるためにやるものであること、しかしその後の行動は別のものであってもちろん一人々々の自由であること、を述べて、次の七項目の順序で討論にはいった。①ヴェト・コン（というアダナを筆者である私は使わないが）の性格づけ。②アメリカの性格の意味づけ。③中、ソ、北ヴェトナムの態度。④この戦争の持つ意味と危険度。⑤日本が現実にして来たこと。⑥解決の国際的見通し。⑦日本はこれらから何をすべきか。

討論の内容については今たち入らぬことにする。要約するには余りに多くの内容がそこにあったということや、全部の速記が刊行されるからという理由もないわけではない。だがそれ以外に、よく準備された、あるいは即席の機知にあふれた質問と質問のしかたは、まことにそれぞれの質問者のものであると思われ、それに対する社、共、自民、公明、民社諸党代表者たちの答えと答えかたは、これもまことにそれぞれの答弁者のものであると思われ、つまりそれだけでは「意外さ」が私にあまり感じられず、そのことが私の関心をやや別のところへひいた。つまり討論の内容もさることながら、ということなのだ。主として答弁者たちの答弁のしかたによって、時にひょいとおのずから reveal されるものが、私に印象を残した。

例えば五人の自民党代表のうち、宇都宮徳馬氏だけは一人黙々とたばこをふかし、一度だけ発言した。佐藤総理は北爆を支持したが、世界は動いている、といってヴァスコ・ダ・ガマの例を引き、自分自身も流動的に考えると簡潔に語ってあとは黙ったきりであったのが印象に残った。宮沢喜一、江崎真澄、中曾根康弘の三氏は、当然のことながらアメリカの立場の正当化につとめた感じであったが、アメリカが南ヴェトナム政府を支持していることの意味と関連して、南ヴェトナムにはナショナル・リーダーがいず、またあの政府は「政府なんてものじゃない」という考えかた（宮沢氏）や、そこでの状態は明治維新の前夜であり、そこには民主主義を生みだす胎動があるとする考えかた（江崎氏）やの議会の議事録などを通してはなかなかうかがい知れぬヴァラエティが、同じ党内にあるのだということが印象に残った。「上田（耕一郎共産党代表）さんの意見はインチキも甚だしい」とか「長洲（一二）さんの発言は感情に訴える議論だが、それじゃああなたが外務大臣になったらどうするか」（共に中曾根氏）というような「議会的」いい回しが印象に残った。

民社党の麻生良方氏が、例えば服部学氏の、エスカレーションをどう考えるかという質問に対して、エスカレーションは、①アメリカの思い違いか、②政策の行詰りか、③侵略か、のうちの②であると考えるといったこと、別なところで例えば国会では自民党はアメリカから派遣されたものの如く、共産党は中共（という不適当な呼び名を筆者である私は使わないが）かソ連の出先の如く、そういう政治の姿勢を正して「国論を統一」すべしといったこと、その問題の出しかたの「中庸性」が印象に残った。

公明党の渡辺城克氏が、アメリカだけでなく日本もフランスもかつてヴェトナムに侵入した、故にヴェトナム人に対する深い同情からまず考えねばならぬといいかけたときナンミョーホーレンゲーキョーという低声の野次が効果的にはいり、渡辺氏は「問題を散らさずに聞いて下さい」といって場内の笑いをしずめ論を進めたが、野次にいっしょに乗っかっていうのでなしに、そのことが印象に残った。

社、共両党の代表は、おのずからというのではなく、いわば自分から自分をそのまま reveal しているということが、これはこれで印象に残った。

質問者の数が多すぎたために——といっていいだろう——質問者の側は一人がほとんど一度きりの発言であり、中には発言の機会を持たない人もあるうちに十五分ほどの休憩、再開、司会が鶴見氏に代り、やがて前以て提出してもらってあった質問用紙によって、一般参会者の中から発言者を司会者が選んで指示するという第二ラウンドへはいるところで、少々混乱が起きた。アメリカのSDS（民主的社会のための学生連合）委員長であり、この会のために直接アメリカからやってきたC・オーグルズビ氏が司会者に指名され立ち上り、一語も無駄のない表現で、ヴェトナムへ行ってみて自分が知った自分の国の軍隊の暴状について語りだし、それが数分続き、全会場がしんとして話に聞き入っていたとき、突然壇上の宮沢氏がなぜ特定の人間にだけ発言させるのかと発言し、テーブルを叩き、中曾根氏が大声を発し、両氏はこもごも「どういう素性の人間なんだ」、「演出はやめろ」、「外人崇拝ですかこれは」というふうにどなり、やがて司会者はオ氏に発言打切りを要求して騒ぎは静まった。

この処理の仕方に対してもちろん反対の野次はさまざま飛んで騒然となったが、のちに司会者の鶴見氏が語ったという意見を「サンデー毎日」から要約すればこうである。オ氏も他の参会者同様質問用紙を提出していたのだから、彼に発言させたことは手続上ルール違反でも何でもない。ただ少し長く話してもらうことを参会者にはかる配慮は足りなかった。自民党のルール違反だという声は「ヒレツなヤジ」であり、司会者として権限を以て押えるべきだった。だがそうすれば退場という事態が起きただろうし、自分は抗議を受け入れて討議を続けた。宮沢氏が挙手して発言を求めた「うまい」「知的」なやりかたには「一本とられた」が、自分は司会者として手続の上では間違っていない──。

あと、参会者たちの、司会者指名による発言が続き、久野氏の「まとめ」があって第一部は午前四時前に終ったわけだが、そのまとめは大要次の六項目であった。今夜の集会で出されたことは、①ヴェトナムにおける侵略とは何か。②民族の自由または民主という言葉は何を意味するか。③変って行く世界における変化とは何か、変化の中心にある民族の解放とは何か。④アジア人の仲間意識とは、今の段階で何か、その内容は何か。⑤ヴェトナム戦争における当事者は誰か。⑥日本の方向については、成功させるためにはゆっくりやろう、同時に的確に早くやろう。いつどこで何をやるか。──一致したと思えることは、今のままのヴェトナムの状態は困る。日本政府の対ヴェトナム態度も困る。

──

そして講師たちが退場して第二部にはいり、そこで冒頭に引いた司会者無着氏の発言があり、その発言を十二チャネルは司会者として「公正を欠く」（なぜかなら総理大臣になった戦犯が出席していない以上「欠席裁判」であるから）と判断し、事前の「申合せ」通り「主催者に連絡し」た上で、七時間三十分放映予定であったものを二時間ほど早く、午前四時に打ち切り、これも「サンデー毎日」によれば、それまで既にかかって来ていた電話約二千通、打ち切り後にかかって来た詰問や質問の電話約百二十通、そして全部が終了したのが十五日の朝六時であった、というわけであった。

そこで、この集会が遺したものは何であったといえるのか。そのすべてを考え尽すことは私にできず、代りに私は、テレビを見た何人かの人々の感想を聞いてみたが、するとその人々の意見はほとんど一致していた。まずあのような形であいう集会が持たれかつ公開されたということへの、その内容はよく説明できない驚きがあった。ヴェトナムの問題について自分たちの大体考えていたことが具体的に（アメリカを非難する側からも擁護する側からも）説明されたことへの快感があった。オ氏の発言の際に自民党の何人かの議員諸氏が「議会の戦術を場違いのところへ持ちこんできたような」ことへの反撥があった。しかし最後に、（司会者が公平であるのは当然だが）北爆賛成と反対の二つの意見が何となく共存してなるべく静かに話しあいましょうといいあっているような全体の感じに対する強い不満があった。

六時過ぎ、やっとプリンス・ホテルの外へ出た参会者たちの大部分は、たぶんどこかでひと眠りしたあと、「戦後二十年と平和の立場」をテーマとして、朝十時半から午後四時まで続けられる「わだつみ会」主催のシンポジアムに厚生年金会館へ、あるいはもうひといき眠り足して、午後一時半から開かれる「八・一五記念国民集会実行委」主催のその国民集会に九段会館へ、それぞれ出かけたことであろうと思われる。

「わだつみ会」のシンポジアムを、私はほんの十五分ほどしか聞くゆとりがなかった。一人の青年が発言の最中で、自分の体験とからみ合わせながら、戦争体験の思想化の必要を説き、会の総会決議に従って良心的兵役拒否の運動を起さねばならぬという主張を語り、人々は昭和という時代がいつまでも続くという錯覚にとらわれていはしないか、自分は次の年号を「平和」として、平和天皇を以て天皇制の終焉たらしめたいと思うと語ったのが、私には珍しい意見だと思われた。

午前十一時五十分から九段の日本武道館で行われた政府主催の追悼式には、私は入場できなかった。あらかじめ協定を結んだ日刊大新聞と放送局以外は、一般市民の入場はできない仕組であるらしかった。なんにせよこの式の本質については、冒頭に引いた相補的な二つの発言がそれを簡潔に説明してくれている。その説明はまた、どういうわけだか三大新聞がこの式に関する記事の見出しに一斉に用いた「平和へ誓い新た」という文句を白々しいものに感じさせてくれる。遺族代表のことばとして新聞が伝える「せがれよ、お前の死はむだではなかった」という言葉を、奇妙なものに思わせてくれる。だがこの式に参列した遺族たちのどれだけかは、あとで、同じ九段にある「八・一五記念国民集会」へ、青と白のリボンを胸につけたまま参加していた。

おそらく懐古と感傷の雰囲気に包まれた何時間かののちに日本武道館を出たそれら遺族の人々の中へ、八月十五日を理性と意志の再確認の日だと考える九段会館の雰囲気はどのようなふうにはいって行っただろうか。日本というものを考えて行く上での、日本というものを変えて行く上での、恐らくこれは最も重要なポイントであるのに違いない。青と白のリボンを着けたそれらの人々に私は感想を聞いてみることをしなかったが、それはその場で感想や印象を聞くようなことによって確かめられる性質のものではないだろう。だからこそそれは重要なポイントであるわけなのだ。

会は何人かの人々のスピーチと、フロアからの参会者の発言、ただしこれも質問ではなく主張だが、それらによって構成されていた。するとその中に、ここでも発言の論旨というよりはおのずから re-veal されるものがいくつか私の中に印象を残したが、一つだけいうと、一人の女子学生が千人ほどの聴衆の前にすらりと立って、きわめて自然に聴衆へ語りかけた。明治学院大一年、十八です。ということは、昭和二十二年、父が無事に帰ってきてくれたおかげでわたしが生まれたわけです。（拍手）あまり小さくてなま意気に聞えるかもしれませんが、どうぞ教えていただきたいという心がいっぱいで、それで出てきましたので、どうぞ聞いて下さい。昨夜からのわたしの体験をどうぞ聞いて下さい。昨夜は、皆さまもお聞きになったと思いますが、十二チャンネルによって静かに深く会がもたれましたね。そのときわたしはほんとうにヴェトナムに対して考えたかったし、戦争と平和に対して考えたかったんです。それは政党とか個人の立場、そういうことはぜんぜん関係なく、いま一分一秒のあいだにもどんどんヴェトナムに爆撃が続けられて、どれだけの子どもや、ぜんぜん罪のない人が殺されているかということを考えたら、わたしは不勉強で、どこの政党にも賛成できるような立場でも、選挙権ももたないものですけれども、我慢できないと思うんです。それはここへいらっしゃって下さっているお母さまもお姉さまもみんなおんなじだと思うんです。だからわたしはここにいます。――

たぶん話の順序を前以て細かく彼女は立てていなかったろう。だが一所懸命の緊張が、かえってすらすらと次々に言葉を彼女の中からたぐり出してくれた。微笑と拍手に時おり包まれながら、そして自分は時々泣きながら、いま引いた言葉の十倍ほどの分量を、よどみなく彼女は語り続けた。内容は、それを他人の言葉で語りかえるなら特に変ったこともない戦争絶対反対。だがそれが、現代っ子と自認する現代っ子の言葉としてそこにあったということが、やはり印象を残した。

おとなたちの発言の中では、中国の人々が日本の私たちに、日本帝国主義はわれわれの敵だが日本の人民は友人であると必ずいってくれることをわれわれがそのまま受けて、日本政府のすることは関わりないという態度でいてもいいのかという、丸岡秀子さんと吉野源三郎氏の言葉に私は特に共感した。日本政府の行動を抑制しよう、政府が痛くもかゆくもないようなことをしていたってなんにもならないという吉野氏の主張が印象に残った。

要するに会は、日本に限っていうなら三百十万の同胞の死という犠牲の上に獲得され承認された平和と民主主義と基本的人権という理念、世界のこととしていえばそれに加えて国際民主主義としての民族自決の原則という理念、それらの確認と、それらを守り通して行く決意、そして行動、という理性と意志において統一されていたと私には思える。だがそれらのことが、もう一度いうが、あの青と白のリボンをつけた人々の中にあったに違いない懐古や感傷とどうつながり、どうそれらを動かしたかについて、会の運営の効果がどうであったかなどという問題としてでは全くなく、敗戦二十年目の日本の現実という問題として、私の気にかかる。

九段会館の集会が終りかけていた五時半頃、日本共産党中央委、同東京都委、日本民青中央委、同東京都委の主催による「侵略戦争反対、独立と平和のつどい」が、渋谷公会堂で始まっていた。この集会名には「終戦二十周年記念」という言葉がかぶせられていたが、なにゆえ「敗戦」ではなく「終戦」なのか、私には分らない。五人の人々が、印刷労働者、新聞人、新劇俳優、中国の俘虜、一人の女性としての「終戦前後の思い出」を語り、宮本顕治氏が「歴史の教訓は現代になにをよびかけるか」という記念講演を行った。五人の人々の話はそれぞれに誇張のない体験談であり、宮本氏の講演は、その落ちついた語りかたとともに説得的であると私に思えた。ただ客席の通路をまで埋める超満員の、大部分は若い聴衆、その人々の心の中にある、この集会の趣旨からいわばはみ出している要素が、それらの話によってどうゆすぶられつつかれているのか、そのことが、これまでのいくつかの会場においてと同様、私の気がかりとして残った。

私という一人の人間が、今年八月十四日の夜から十五日の夜まで、二十四時間を少々超える一昼夜の東京で多少とも内容を知り得た記念の集会は以上のごとくであった。だがそれらは、それらだけでは、もちろんこの日の思想を意味しない。くり返すが、それらの記念集会が民衆の中に遺したものはどのようにしてエネルギー化されるのか。そのことが確かめられたとき、初めて思想は思想として形成されるといえるのだろう。そのための起動装置が、一九六五年八月十五日に東京ではどのように組まれたかという、以上は結局走り書き的な報告に過ぎない。

日本ドラマ論序説――そのいわば弁証法的側面について

Oh, East is East and West is West. という使い古されたラドヤド・キプリングの詩句が、やはり時々気になってならぬ。この句はこれに続いて、二者は絶えて出会うことあらじうんぬんとあるものだからいつもそういう意味で引用されるようだが、その先は、しかし二人の strong men が面と向き合って立つならば、西も東も国境も種族もありはしなくなる筈だとなっていて、作者の真意はむしろこちらのほうにあるかと思われる。だが、それならば、strong men とは何か。

なぜこういうことをいいだすかというと、西洋と日本というものの結びつきかたはどうなればいいのかという、ある意味では極めて素朴な疑問が、自分の商売にからめて、具体的に起ってくることがあるからである。私は狭義のドラマ論をここで書こうとしているわけではないのだが、私の疑問――というより問題を問題にするためには、やはりまず前置きとして、ドラマ・プロパーの領域から話し始めねばならない。

これまでのところドラマ論の定石は、私もその定石に従って来たのだが、第一発をギリシア悲劇に置くことであった。私の場合でいうと、そのギリシアにおいて初めて、しかし初めてにしては驚くべく堅固にドラマの概念が構築されたこと、そこに構築された構造の内容とをまず解説する。次にローマ。ここではドラマの問題に本質的な発展はなく、次にカトリック教会がほとんどあらゆる演劇的なものを抑圧した中世が来、その次にシェイクスピアを含むルネッサンスが来るのだがそこを飛ばして、十七世紀フランスの古典主義悲劇について私は論じるのである。何となれば、ギリシアで構築されたあの堅固なドラマ概念が、ここでさらに一層、ギリシア人が考えようとしていたのよりももっと堅固に、一面からいえばあまりに法則のための法則であるごとく整理されたことを論じることによって、私はギリシア悲劇の本質を、ギリシア悲劇のみについて論じるよりもずっと明確に構造的にとらえることができるはずなのだ。

そしてシェイクスピアに返る。シェイクスピア自身は、ギリシアでつくりだされたドラマ概念については意外に少量の知識をしか所有していなかったと推測されるのだが、にもかかわらずシェイクスピアの作品が、ことにその悲劇が、紀元前五、四世紀から十七世紀フランスへまっすぐ引かれるあの線の上にきちんと乗るようなドラマの概念および構造を以て書かれ得たというのはどういうことか。

次に十八世紀と十九世紀は、演劇史としてはいくつかの事件を持っているけれども、ドラマ概念がそこで本質的に進められるあるいは新しくつくりだされるということはなかった。新しいドラマ概念の先駆者と見ることのできる例えばゲオルク・ビュヒナーのような劇作家が、いわば例外的に現われたということはあったとしても。そしてその新しいドラマ概念が、一人の作家としてではなく傾向としてギリシア以来初めて現れるのは第一次世界大戦後であって、演劇における表現主義がドイツに生れ、それは傾向としては長く続かなかったけれども、例えばベルトルト・ブレヒトがその傾向の中から発足して第二次世界大戦後まで活動を続け、強い影響力を残す。それからまた、第二次世界大戦をある意味では契機として、例えばフランスのアンティ・テアトル、いうところの不条理演劇というものが生れて今日の問題になっている。そしてこれら第一次世界大戦以後に生れたいくつかのドラマ概念は、ギリシア悲劇以来二十四、五世紀のあいだを一貫して来たドラマ概念——それをそれゆえにオーソドクシのドラマ概念と私は呼ぶのだが——に、初めて異った次元から問いかけをしようとするドラマ概念なのである。以上。

さて、そうすると、大体このように論じられてくるドラマ論の中には、日本の歌舞伎のはいってくる余地というものがない。なぜかというに、歌舞伎の戯曲の持っている性格が、ここに出てくるその内容はあとで説明する——弁証法的なドラマ概念とあまりに異質的に平面的な、絵巻物的に並列的な、そして日本的に因果応報的なもので、たぶんあるからである。能は、あるいはこのドラマ論の文脈の中で、どの部分かとどれだけか関連させて論じることが不可能ではないかも知れない。ただしそれに成功した例はまだ見受けられないようだけれども。だから結局、日本の演劇がこの文脈の中にはいってくるのは近代劇以後という、つまり余りに定石的な、そしてここまでくれば単に演劇だけのではない日本文化論一般の定石的な展開に、ことは落ちついてしまうほかないわけなのだ。

そしてそういう、敢ていえば一種の諦めの上に立って次に出されてくることは、ギリシア悲劇に、シェイクスピアに、またフランス古典主義悲劇に学ぶことを西洋に学ぶと思うなかれ。西洋と日本を対置することはこの際むしろ無意味であって、それらを世界伝統として意識し、屈折してではなく直接的にそれらの継承が可能である位置を占めている一人で自分もあるのだと意識することこそが必要なのだ、という考えかたであると思う。だがしかしこの考えかたは、つまりは上に要約して来たあのドラマ論の裏返しに過ぎないといえる。要するにそれはどうやって西洋を学ぶかの方法論なのであって、日本というものが――この場合でなら歌舞伎が――そこへはいりこんでくる余地というものは、日本の伝統もまた世界伝統であるという漠然たる新解釈のほかに、依然として論理的にはないのである。

　日本をどのようにしてこの文脈の中に入れてくるか。いいかえれば、この文脈の上に立って日本をどうとらえるか。

　それは無理というものだろうと私も一応思う。それにこういう文脈においてではなく西洋を日本に入れてくる、または西洋と日本をいわば統一する方法が、別に幾通りも考えられるだろうと思う。例えば美意識の問題として、能の「幽玄」やそこに含まれている不条理的なものを、西洋人も理解あるいは鑑賞し得るものにこちらがとらえ直して作品化するということ。また例えばブレヒトの叙事詩的演劇という考え方を、日本の古典の物語様式と結びつけて新しい創造を試みてみること。また例えば……

　しかし、そういう種類のことを今私は考えようとしているのではない。そしてここまで来て私自身にもやっと問題がはっきりしてくるのだが、私がいおうとしているのは、あの文脈に当てはまる発想――ことがらを分りよくさせるためにやや強引に弁証法的発想とひとくちでそれを呼ぶことにするが

——が日本の中にも本来在ったのであり、しかし在ったにしてもそれはまことに日本的な形で在ったのだが、そのことを一体どう考えたらいいか、そのことをどう発展させ、利用（?）し、生かすことができるのであるか、ということ、その問題なのである。具体的な例をまずあげることが、いっていることをはっきりさせるだろう。

例として私はまず『平家物語』をあげたいと思うのだが、石母田正の『平家物語』（岩波新書、一九五七年）を刊行のとき貰って読んでおもしろかった記憶があり、約十年後の今年引っぱり出して来て、今度は『平家物語』の本文と合わせて読んでやはりおもしろかった。私にとっておもしろかったというのは次のような意味においてである。

石母田の本と原典とによって私が教えられた重要なことの一つは、平清盛の四男新中納言知盛という脇役的な人物が、『平家物語』の中ではきわだって魅力的な、一足飛びに私の当てはめたい形容詞を使うなら極めてドラマティックな人物として描かれているということであった。

最後の「灌頂巻」は別として、十二巻の『平家物語』が扱っている前後六十七年の時間の中で、知盛が舞台の上に姿を見せているのは五年のあいだ、それも生き生きとした姿を見せているのは僅か二年足らずのあいだに過ぎない。まず一一八〇年治承四年の初夏、総勢二万八千余騎を率いる「大将軍」の一人として二十八歳の彼は、源三位頼政を宇治橋の合戦に華々しく破り、その年の暮れには近江で近江源氏やその他の「あぶれ源氏共」を「一々みなせめおとし」、そのまま美濃、尾張へと進攻する。

が、次に彼が姿を現わすのは三年後の「都」にであって、左兵衛督からいつの間にか少納言へ昇進している彼は、このとき都落ちをする平家一門七千余騎の中にまじっている。しかし、三年間の境涯の激変がドラマティックなのではない。この時から『平家物語』の中の知盛は、ドラマの主人公にふさわしい性格を——自分の中に含まれた矛盾を——鮮かに示し始めるのである。

それはどういうことかというと、ここから先の描写の中にはまず、人間的な、その意味で極めて魅力的な彼がある。そのことがたぶん最も凝縮的に出ているのは、鵯越の坂落しによって義経が背面から一の谷の（という地理的関係は事実と違うらしいが）西の手を衝き、ためにその東、大手生田の森の固めも崩れたち、ついには大手の大将軍知盛、子息知章と家人監物太郎と「たゞ主従三騎になて、たすけ船にのらんと汀の方へ落給ふ」ときの話である。源氏の十騎ばかりがおめいて追っかけて来、その中の大将と覚しい者が知盛に組みつこうとしたのへ、子息の知章は身替りとなって引っ組んで馬の間にどうと落ちながら敵の首かき落して立ち上ろうとするところを、父の眼前でもう一人の敵から討たれて首を斬られてしまい、監物太郎も奮戦して死に、すると「このまぎれに」——この隙に——知盛はひとり馬を海へ乗り入れ、二十余町を泳がせて兄宗盛の船に追いつき、そのまま命助かってしまうのである。そしてさて知盛は、宗盛の前に行ってこう告白する。息子らに後れをとりました。監物太郎も討たせてしまいました。今はもう「心ぼそう」なってしまいました。何という親なのか私は。眼前に子が討たれるのを助けもせずこのように逃げてきたのがもし他人であったなら、どれほどかいらだたしくも思うだろうのに、これ程にも命は惜しいものかと今こそ思い知りました。「人々の思はれん心のうち共こそはづかしう候へ」。そして知盛は、鎧の袖を顔に押し当ててさめざめと泣くのである。

こういう、いわばヒューマニティにあふれた魅力的な知盛の描写は、このほかにもいくつもある。今の、海の上二十余町を泳がせて宗盛の船に追いついた時に知盛が乗っていたのは、かつて宗盛が白河法皇から拝領したのを知盛が預っていた名馬だったのだが、船中人が多勢で馬を乗せようもなくそのまま乗り捨てて水際へ追い返すと、馬は主と別れたがらずに暫くはついてくるが船足が速く、やがて諦めて陸のほうへ泳いで行くのを、あの馬が敵に利用されてはと射殺そうとする者があるのを押しとどめながら、知盛はいうのである。誰のものにもなるならなれ、わが命を助けてくれたものを、むごいことはするな。——そして馬は浜辺に戻りついて、すぐ源氏のものになってしまう。また同じ生田の森の戦いで、敵方の若い兄弟が奮戦して討ち取られた首を検分しながら知盛は、天晴れの剛の者、この二人を助けそこなったと、思わず言葉に洩らすのである。また、これを最後の壇の浦の合戦では、斬りまくる味方の能登守教経へ知盛は、あまり罪つくりはしないがよい、大してすぐれた敵でもないだろうにと、こちらの船からわざわざ使者をたてて忠告し、能登守はその忠告を逆に、それは大将軍と組み打ちしろということかと受けとって、判官義経を追い回すことになったりするのである。

だが知盛はそのように弱々しいだけではなく、もちろん勇敢な武将でもある。というより、当然のことだが知盛はまず勇敢にして毅然たる武将なのであって、その側面の描写の例は挙げる必要がないだろうが、そういう勇敢毅然の武将知盛のもう一つの側面に、以上のようなヒューマニティがあるということなのだ。つまり、まさしく魅力的な人間として知盛は成功的に描かれているといえる。

だがしかし、それだけならそれは、物語の中の人物として魅力的であるべく、必要にして十分な条件を備えた人物で知盛があるということにとどまる。問題は知盛が、その上に、物語のではない劇の登場人物であるべく必要かつ十分な条件を持っている人間だと、つまりドラマティックな人間だと私に思えるということなのであって、それは次のような理由からである。

知盛は、人間の運命というものを、どうにもならないものとしてはっきり認めている人間であった。あの都落ちのとき、都に抑留されていた東国武士たちを斬って出発しようという意見が出ると、ここでも知盛はそれを押しとどめていうのである。平家の運命がもう尽きてしまっているとしたなら、彼ら百人千人の首を斬ったところで再び政権を取ることはできないはずだ。またもし計らずも運命がひらけて再び都へ戻ることがあったとしたら、いま彼らを助けておくことはこの上ない温情として感謝されることになるだろう。

また同じ都落ちのとき、突然裏切って都へ戻って行く池の大納言頼盛の手兵へ矢を射かけようとはやる侍をここでも知盛は押しとどめて、「涙をはら〳〵とながいて」いうのである。都を出てまだ一日も過ぎないのに、早くも人の心の変って行く情なさよ。ましてこの先は一層そうであろうと思ったからこそ、「都のうちでいかにもならむと申つる物を」――それは恐らく数日まえ、木曾義仲以下の数万騎が都へ攻め入るという突然のしらせに取るものも取りあえず自分たちはそれぞれの部隊を率いて諸方へ迎撃に出向いたが、結局大勢は非と判断した中央が自分たちを都へ呼び返して「此上はただ一所でいかにもなり給へ」といったとき、同じその意見を最も強硬にいい張りいい続けたものこそこの自分だったではないかという、知盛の熱い思いの籠められた言葉なのだろう。二年ののちの屋島で、かつて恩顧を蒙った東国北国の武士たちの離反は今や当然としても、九州からさえ攻めてくる武士団があるという噂を聞いた知盛は、西国とてもいずれはこうなると思ったからこそ「都にていかにもならむとおもひし物を」、わが身一人のことではないので気が弱くなり、目当もなく都を出たばかりに今日の憂き目を見る口惜しさよと、またこの言葉をくり返すのである。

つまり知盛は、人間の運命というものを、どうにもならないものとしてはっきり認めている。ただし知盛は、これは注意を払っておいていいことだが、同様に運命の必然性を認めている兄重盛とは、ある一点で決定的に違っている。重盛は、平家の確実な滅亡を一種不思議な能力によって見通しているという形において運命の必然性を認めている。だから重盛は達観し、あるいは諦観している。そしてそのような境地に立って重盛は、まことに御尤もな説教を何度もぶち、源平の戦の始まる一年も前に、うまく平穏に病死してしまうのである。その点で重盛は、無常観の持ち主であった『平家物語』の作者の、覚えめでたい代弁者であったといっていいかも知れぬ。が、その点でなら知盛は、まさに作者を裏切っている。知盛は、知盛もまた運命のいかんともすべからざることをどういうわけか十分に知りながら、にもかかわらず、あるいはもっと正確にいうならば、だからこそ生に執着し、平家滅亡のぎりぎりまで縦横無尽に、平べったく静止的な重盛の像とはまさに対照的に生き生きと、言葉の正しい意味においてドラマティックに躍動しているのである。運命という決定的な枠に縛られ、もう一度いうが、にもかかわらずでなく、だからこそ知盛が躍動的であることを最もよく証明しているくだりは、再びあの壇の浦で、最後に近い知盛がまさに知盛らしい行為をする個所だろう。多数の敵がこっちの船に乗り移り、味方は大方船底に倒れ伏して船の進路も立て直せなくなった時、知盛は小船に乗って幼帝のいる船へ行き、「世のなかいまはかうと見えて候。見ぐるしからん物どもみな海へいれさせ給へ」といいながら、「ともへ（艫と舳と）にはしりまはり、はいたりのごうたり、塵ひろひ、手づから掃除」してまわる。そしてただおろおろとしている女房たちが「いくさはいかにやいかに」と口々に騒ぐのへ、おっつけ「めづらしき東男をこそ御らんぜられ候はんずらめ」といってからからと笑う。石母田によればこの笑いは、「女房たちを、『なんでう（何条）のたゞいまのたはぶれぞや』とおめき叫ばせたにすぎないが、平家物語の作者は、この知盛の笑い声に、運命を見とどけたものの爽快さを響かせているのであろう」ということになる。それから知盛は、さきに挙げた、「あまり罪つくりはしないがよい」という使者を能登守教経にたてることがあり、やがて鎧を二領着こんで、「見るべき程の事は見つ、いまは自害せん」といって海にはいるのである。再び石母田の文章を引くが、知盛のこの最後の言葉は、「平家物語のなかで、おそらく千鈞の重みをもつ言葉であろう。彼はここで何を見たというのであろうか。いうまでもなく、それは内乱の歴史の変動と、そこにくりひろげられた人間の一切の浮沈、喜劇と悲劇であり、それを通して厳として存在する運命の支配であろう。あるいはその運命をあえて回避しようとしなかった自分自身の姿を見たという意味であったかもしれない。知盛がここで見たというその内容が、ほかならぬ平家物語が語った全体である。」

『平家物語』に、少々冗長な筆を費し過ぎたかもしれない。私がここでいいたかったことは、上に述べてきたような見方から『平家物語』の知盛を見るとき、その描かれかたが、何とギリシア悲劇の主人公と似ているではないかということである。ギリシア悲劇の主人公たちもまた、動かすことのできぬ運命というものを認め、その前に立たせられた自分を意識し、だからこそ、人間の力で動かすことのできぬときまった運命に対立してそれと闘うのである。ただ人間の力で破れぬときまったものを、人間が人間である限り破り得ぬのは当然であり、そこでギリシア悲劇の主人公たちは、人間である自己を否定することによって、初めて目的を達する。最も典型的なケースであるソポクレスの『オイディプース王』の場合、オイディプース王は自殺することをさえみずからに許すことができない。彼はみずからの両眼を、それも自分が運命の前にいやおうなく立たされねばならない事情の根源であった人、母であると同時に妻であった女のくびれ死んだ死体からぬきとった黄金の留針で刺し、自分が王位から追放されることを自分から市民たちに要求し、そのようにしてやっと、しかし的確に、今まで彼がその中でもがいていた世界とは異った次元の世界へ出ることができるのである。『平家物語』の知盛の場合は、自己否定というような問題は出てこない。どのように転変多いいきさつの末にであったにせよ、結局彼は単純に死ぬのである。そして浪の下にもある都、極楽浄土へ行く。その点、知盛の行為において弁証法は完結されているとはいえないだろう。だがそこまでのところは、ギリシア悲劇の主人公たちとはなはだ似ている。

なぜ似ているというかというと、あるいは少しさかのぼって、知盛のことを、劇の登場人物たるべく必要かつ十分な条件を備えたドラマティックな人間だとなぜ私がさきほどいったかというと、ここで少々原理的な話になるが——

描かれる対象と描く作者との間に、ある特殊の緊張——テンション——があるのが、ドラマの特質だと私は思う。より正確には対象と自分との関係を、（単なる観察や分析のためのものとしてではなく）一つの緊張関係として作者が意識すること。その意識に支えられて、ドラマはドラマたり得るのである。そういう緊張関係は小説には必ずしもない。きわめて長い年数のことがらをきわめて長い枚数でゆうゆうと描き得るのが小説の典型的特質であり、心理的な実験小説などの場合でも圧縮された短篇小説のような場合でも、(戯曲と対比する限り)その特質に変りはないといっていいだろう。対象を眺めながら描写して行く。作者はいわば、対象と平行に歩いて行く。そして読者をも作者と同じ歩みにひっぱりこむ。それが小説という芸術のたぶん一般的な特性なのであって、それに対して戯曲の作者は、常にいわば直角に対象とあい対している。対象との間に特殊の緊張を持った作者の、その緊張を表現しようとする衝動がそこにはある。そして作者は、対象の描写は一切すててじかに対象と緊張した会話をかわそうとする。その作者の姿勢に観客をもひっぱりこみ、同じ緊張感を観客にも体験させるのが、演劇という芸術＝ドラマである。(ひとことつけ足しておくと、緊張といえば始終へロイックな緊張で張りつめているのがドラマだと聞こえかねないかもしれぬ。しかし悲劇と同時に喜劇というものが出てくるのも、このようなテンションを基調にしてのことなのである。)

別ないいかたをしてみると、よくドラマは対立だといわれるが、AとBとの単なる対立を客観的にいくら巧みに描いてみても、それはせいぜい「おもしろい芝居」にはなるだろうがドラマにはならない。AとBとの間の緊張関係は、作者と対立物との間の緊張関係から生みだされたそれでなければならない。作者自身がなにものかと対立する。そこにドラマの根源はあるのである。

では何と対立するか。対立物の持つ力が、作者のそれよりも強いほどテンションは増し、従ってそれだけドラマティックになる。つまり人間である作者が、人間以上のなにものかとあい対する対しかたが決定的であればあるほど、それだけドラマはドラマティックになる。

そういう意味で、ギリシア以来今日までのドラマの歴史は、人間と人間以上のものとの根源的な対立の歴史だといえる。そして時代によって、その「人間以上のもの」の理解のしかたが、つまり対立物の質と内容とは異ってくる。ギリシアにおいてはそれは文字通り運命だったが、ルネッサンス・シェイクスピアの場合、それを規定する簡単な単語はないといってもよさそうである。あるいは十七世紀フランスの場合とひっくるめて、その対立物を絶対主義、または絶対主義的良識といっていえなくはないかも知れぬが。下ってイプセンの場合、動かしがたい社会的因襲として「人間以上」は彼に自覚された。すると現代のそれは何であるか。

それを「原子力」だなどといってしまえばことはむしろ簡単だが、私はやはりそれは、ギリシアの頃の言葉を借りていえば「運命」、現代らしい言葉でいいかえるなら「歴史的必然」だと考えたい。ただし歴史的必然とか歴史の法則とかいう言葉をこれまでのように手軽に使うべきではないということは、E・H・カーを読んで私は教えられたが、カーの『歴史とは何か』(清水幾太郎訳、岩波新書、一九六二年)の中で私の印象に残った言葉の中には、例えばこういうものがある。「あることを不運として描くのは、その原因を究めるという面倒な義務を免れようとする時に好んで用いられる方法であります」――また、「歴史的事件の絶頂でなく、その谷底を進んで行く集団や国民にあっては、歴史におけるチャンスや偶然を強調する理論が優勢になるものです」――しかし一方、「現代史というものが面倒なのは、すべての選択がまだ可能であった時期を人々が覚えているためであり、これらの選択が既成事実によって不可能になっていると見る歴史家の態度を受け容れ難いと感じているためであります。これは純粋に感情的で非歴史的な反応であります。しかし、これこそ、『歴史的不可避性』と称する学説に反対する最近のキャンペーンを煽り立てて来たものなのです。もうこの陥穽とはキッパリ手を切ることにいたしましょう。」

ここでもう一度知盛に返ると、いま私が語ってきたようなドラマの世界、その、そういう意味でテンションに充ちたドラマの世界の中へ、そのような世界を構築する作者をまさに代弁しつつ登場するのにふさわしい主人公で知盛はあるというのが私の感想である。

ただ、そのような主人公が生み出される手続きという点で、あちらとこちらとのあいだに、一つのたぶん決定的な違いがあり、その違いは、以下に述べるような意味で相当に決定的なものではないかと考えられる。

それは、ギリシア悲劇の作者たちはその主人公たちの上に述べたような行為を、意識的に自覚的に、従って構造的に構築していると思われるのに対して、日本の作者たち——当面『平家物語』の作者たちということになるが——は、無意識的に無自覚的に、従って非構造的に、つまり単に結果としてしか構築していないということだ。すると次に出てくる疑問は、単に結果としてであるにもかかわらず、彼らはどうしてそのような構築をなし得たのであるか。

『平家物語』の内容が、初めの頃は『治承物語』という形を持ち、また個々の「平曲」として語られ、それが構想力を持ったたぶん貴族階級に属する人間によって首尾をととのえられたらしいという推定が、学問的にはあるようである。その際そもそもの「語り」がどのような人々によって作られたかということや、その人たちと、農民や都市民を聴衆に持ち、しかも農民よりは低い身分であった琵琵琶法師たちとの関係はどのようなものであったかということや、誰かが首尾をととのえるに当って、直接作者としてではなくともどのような人々がそこに関与したかということなどについての学問的考察を、一々借りて来て並べるまでのこともないだろう。とにかくさまざまな階級に属しつつ古代末期の――ことに源平の戦いの開始から平家の滅亡に至る六年間の――すさまじい変革の歴史を、最も凝縮的にみずから体験した人々が、『平家物語』がだんだんに形成されて最終的に定着するまでの長い過程には参加していた。つまり、『平家物語』の作者と呼ばれてよい人々である。

ところで石母田が、「この内乱期にどこでもみられた一つの例」として挙げているケースに、備後国太田荘からこの内乱に参加した二つの武士団は関東の御家人となり、すると武士たちはたちまちこの荘園の広大な田地を押領して農民からの収奪を強化し、彼らを奴隷のように駆使したとある。そして武士たちのそのような行為は、従来の寄生的荘園領主の貴族的支配に対しては確かに革新的であり、「このような武士団を基盤とする鎌倉幕府の成立は、歴史の大きな進歩である。しかしそれは封建制度が完成し、あるいは近代が成立した後にはじめてでてくる歴史的な評価であって、その時代を生きた人間が、そのように自分の時代を意識するとはかぎらないだろう。」

だが、太田荘の農民たちがそこで持った時代意識は、複数の集合体である『平家物語』の作者――「彼」と呼ぶことにしよう――にとっては体験の一部分でしかなかった。農民と異なる武士団の時代意識も、他のさまざまな階級の人々のさまざまな時代意識とともに「彼」の中にはあったのである。永積安明の言葉（「平家物語」――岩波新書『日本文学の古典』第二版、一九六六年、所収）を借りれば、「源氏なり平氏なりをささえあるいはおしあげていった変革期の大小の領主（武士）階級は、一方では貴族に対立するとともに、他方では足もとにおこってくる自立的な在地の農民層に対立しなければならぬという、階級的な自己矛盾にたえきれず、つぎつぎに没落していくという現実」の中でつくられた時代意識もそこにはあった。

要するに「彼」は、時間的にも空間的にもある大きさの視野をもって、「彼」みずから生きた時代を見渡すことが可能であった。するとそこから「彼」の中に生まれてきたのは、再び永積の表現を借りていえば、次のような認識であったろう。いかなる英雄も、「さいごには歴史の発展に冷たく追いこされて没落してしまわねばならぬという悲劇的な運命をになっている。」――従って、これも永積の言葉を借りながらいうのだが、『平家物語』の三人の大きな主人公、平清盛と木曾義仲と源義経と、このいずれの場合も、そのめざましい興隆の「過程のなかに、その没落の因子がまざまざと描かれるかたちで造型され」ており、しかも彼らの「行動が英雄的であればあるだけ、いっそう没落をはやめていくものとして構想され」ており、しかも興味あることは、いずれも知盛の場合と同じように――ただしいずれも知盛の場合ほど鮮かにではなくというのが私見だが――「すでに没落の運命に当面しているにもかかわらず」、「最後の最後まで突進しないではおれぬ英雄的な武将として」、つまり躍動する人間として描かれているのである。

さて、右のような認識は、個々人の体験を総合したところから、初めて帰納された一種普遍的な歴史認識なのであった。その認識を「彼」が、「彼」の主観において仏教の末世思想や無常観と結びつけたかどうかは、この際ほとんど問題にしないでいいだろう。アクセントを置いて私がいいたいのは、まずその歴史認識がオーソドクシとしてドラマの概念とほとんど一致するものであったということであり、次に「彼」は複数の集合体であったがゆえに初めてそのような歴史認識を「結果として」持ち得たということであり、しかしそれだから、集合体の中の個々人にとってみれば、どれだけかは「無意識的に無自覚的に」構築されてしまった構造でそれがあったということなのだ。そしてこのことから、私はいくつかの感想を持つのだが、それをまとめていうと、そういう一種の無意識性、無自覚性は、『平家物語』の古代末期から二十世紀の現代まで、われわれ日本人の発想の仕方に、従って行為の選択や決定の仕方の中にもはいりこみまつわりついているのではないかということである。現代についてはあとで手短かに触れるが、その前に、過去における日本的思考に関してそのことはもっと探られねばならないだろう。が、私にはその能力がないので、一つだけ、たまたま思いついた奇妙な例をあげておくにとどめる。

その例というのは、たまたま歌舞伎なのだが、歌舞伎の脚本というものも、以前は複数の人々によって一篇がつくりあげられた。

歌舞伎という芸術の出発点は、ふつう「多分、歩き巫女、歩き白拍子出身の芸能人」であったお国という女性が「京都で俄然人気を得た一六〇三年」(河竹繁俊『日本演劇全史』岩波書店、一九五九年)だとされる。その頃ヨーロッパでは厳密な意味での戯曲が既に書かれていたのだという事実を対比しておきたいためにいうと、この年は、英国でならエリザベス一世女王の死んだ年、E・K・チェインバーズの推定によるとシェイクスピアが『ハムレット』を書いた翌々年、四大悲劇の残り三つをたて続けに書きだす直前の年ということになる。

さて、「お国の創始した歌舞伎踊、それから展開した遊女歌舞伎・女歌舞伎」(河竹、前掲書)と、それに続く若衆歌舞伎の時代には脚本は、「遊女や若衆の踊る歌詞さえ作ればいいのだから、これらは俳優がすべて間に合はせていた」(渥美清太郎『歌舞伎大全』新大衆社、一九四三年)のであり、十七世紀のうちに専門家としての作者が現れてきはしたものの、その世紀の終りから十八世紀初頭にわたる元禄時代になっても、「筋や、出入《ではい》りや、眼目の台詞《せりふ》などは作者が勿論作つて置くが、その余の枝葉の台詞や仕草などは、或る程度まで俳優の意に任せ、云はゞ出た所《とこ》勝負に演じさせたやうで」、「どうも精密な台本が無かつたのではないかと思はれる」。そして「完全な脚本を使ふやうになつたのは、……明確にはわからないが、宝暦初年(十八世紀のまん中)には立派に行はれてゐた」のだけれども、同時に「作者に関する劇場の内規、慣例などは、なか〳〵に厳重であつた。勿論、漸次定められて行つたのであらうが、宝暦以後には大略整頓してゐたやうに思はれる」。それが合作制度であって、「立作者」は「太夫元及び座頭俳優と相談の上」きまったアイディアの「筋や物語に依つて全体を何幕と分け、中で最も重要な一、二の幕を自分が書き、他の幕を二枚目三枚目の作者へ廻す。……それらの作が出来て来たら、精細に校閲し、添削する」のだが、その脚本をまた「太夫元と座頭俳優の許へ持参して『内読《ないよみ》』をする。内々で読んで聴かせるのである。それが一度で通過する事は殆んどない。必ずや訂正希望が提出される。それを満足のゆくまで直し〳〵て、初めて『本読』で(一座全部の人たちに)発表する」のであった(以上すべて、渥美、前掲書)。少なくとも十九世紀があと七年で終るという明治二十六年に七十八歳で死んだ狂言作者河竹黙阿弥までは、歌舞伎の脚本はこのような作られかたによっていた。作品の構成過程における日本的な無意識性、無自覚性ということと、このことが全く無関係ではないだろう。

そこでやっと「奇妙な例」の話になるが、それは四世鶴屋南北が七十歳の時に書いた『東海道四谷怪談』のことである。この脚本の中身は、要するに浪人民谷伊右衛門が、前からいとわしく思っていた妻お岩の毒殺され悶死して行くのをなぶりものにし、同時に朋輩の忠僕小仏小平を些細なことから嗜虐的に惨殺したために、二人の怨念に苦しめられ、殊にお岩の亡霊にとりつかれて半狂乱になったところでお岩の妹の許婚者に討たれ果てる。そこへもう一つの筋がからまりあうのはこの作者がしばしば用いている手法であって、さまざまな因縁因果がまつわりあいつつ複雑に、怪奇に、ところどころ説明のつかない不合理さをまじえながら、主な登場人物のほとんどが死に絶えるに至る五幕である。

ところで『四谷怪談』において、その登場人物たちのほとんどが、とりわけ、ある意味での主人公民谷伊右衛門が確実に死に果てるだろうという陰惨な結末は、芝居が進行しているうちに、いつか観客の中に確実な予感となって働いている。それはあの『平家物語』に見られた壮大な歴史性を含む「運命」とは異った質のそれでしかないけれども、『四谷怪談』の陰暗な世界にうごめいている登場人物たちからすれば、やはり避けがたい「運命」でそれがあるだろうことは疑いない。この作品は、そのようなものとして考える限り、相当程度成功的に、それも意識的に構築されている。

だがその同じ「運命」への予感を、もう一つの全く別の要素が、作者の意識とは関係なく一層促進していることに、現在のコンテクストにおいて私は興味を持つのである。

すなわち浪人民谷伊右衛門は「塩治家の浪人」ということになっているが、この塩治というのは『仮名手本忠臣蔵』の塩治判官高定であり、その判官から殿中松の廊下で斬りつけられる高武蔵守師《こうの》直を「御主人」に持っているのが、伊右衛門の隣人伊藤喜兵衛であって、この喜兵衛の孫娘お梅が伊右衛門に惚れるのだが伊右衛門にはお岩という妻があり、そこで孫娘の横恋慕を成就させたい喜兵衛がお岩に毒を飲ませてお岩は化物のようになる。——人間関係は今どうでもいいことなので、私に興味あるのは、まず『忠臣蔵』が、何の必然性もなくこのように『四谷怪談』の中へまぎれこんで来ているということなのだ。

　それは芸術的には全く何の必然性もなくまぎれこんで来ているのである。まぎれこんで来た理由は、あの脚本合作制度と同じに説明のつかない歌舞伎道の不思議な慣習によるとでもいうよりほかないが、『四谷怪談』初演の一八二五年文政八年七月の江戸中村座では、一番目が時代物、二番目が世話物という当時の劇場慣習に従って、『忠臣蔵』と『四谷怪談』とを並演した。するとその際、「天明頃までは、（一番目が曾我の時代狂言なら）この二番目も曾我でなければいけない規則でした。世話物といへば当時の現代劇です。現代劇を曾我に結びつけろといふのは、随分無理な注文ですが、昔の作者は平気でそれを実行してゐました」（渥美、前掲書）というかつてあった慣習を、半世紀後に鶴屋南北は、これは私の推測だが、とかく二つの筋をからませたがるのと同じ意味での凝り性から『四谷怪談』に持ちこんで、さすがに何の必然性もない操作に終っているのである。それにしてもこの初演は、第一日に『忠臣蔵』を大序から六段目までと『四谷怪談』の序幕から三幕目「隠亡堀の場」まで、第二日目には『忠臣蔵』の七段目から十段目までと『四谷怪談』の再び三幕目から終幕の五幕目まで、そして最後にまた『忠臣蔵』の十一段目「討入の場」をくっつけるという、二日がかりで全部を見ることのできる不思議な上演形態であった。なぜそういう不思議な形をとったかは、今日はっきりとは分っていないようだが、ただ、そういう組み合せかたであっただけに余計、『忠臣蔵』をこちらへ持ちこみたくなったかも知れぬ作者の気持は、分らないでもない。

とにかく、あっちがこっちにはいってくる内的必然性は何もなかった。けれどもそれがそうなってみると、そこに奇妙な効果があらわれてくると思われる。

人形浄瑠璃『仮名手本忠臣蔵』は、大坂竹本座において、『四谷怪談』初演の七十七年前に初演されたのであった。大評判の結果直ちに同年大坂で歌舞伎芝居になり、翌年には京都と江戸で歌舞伎芝居になり、以来七十数年間に『忠臣蔵』の内容は、歌舞伎の観客にとって、ほとんどが常識に近い知識になっていたと推測される。そしてその『忠臣蔵』が、本質的には何の関係もなく従って何の脈絡もなしに――ということが案外重要なのかとも思うが――ぽっ、ぽっ、と、『四谷怪談』に顔を出す。それは例えば次のようにである。

「当時出頭第一の師直様の御家来が」――「塩冶浪人が、どれ程御主人（師直公）をうらまふ共」――「御短りょとは言ながら、御家中はみなちりぐ〵、わずか小もの、わし迄も」――「いまだ御主人御繁昌のみぎり、御国元トにて御用金ふんじつ、其預りは早野勘平が親三太夫、落度と相成り、切腹して相はてた」――「何ンぼ御家はだんぜつでも」――「不慮なお家のそうどふにて今のるろう（流浪）」――「と言訳《いうわけ》はゆらの介さまの思召たち、御主人のかたきうちを」――「義士の神文《しんもん》、外へつかへぬ配分金」――「御主人御無念のほど、朝暮《あけくれ》忘れぬわれ〳〵なれば、か丶る姿もみな忠義。――夫《それ》に付《つけ》てもあのみぎり、取落したる義士の廻文。――その廻文も身どもが所持。是よりすぐにそれがしは、かまくら表へ立越《たちこえ》、夫跡《そのあと》山しなへ通達して」――

要するに切りがないが、これらのせりふを聞きながら、『忠臣蔵』の知識を常識として持っている限りの『四谷怪談』の観客たちは、自分たちの中では過程から結末まで明白に分っている『忠臣蔵』の世界、そのいわば動かしがたい既定の世界と意味なくないまぜになりつつうごめいている『四谷怪談』の登場人物が、いつの間にか逃れがたく、敷かれてある「運命」の路線の上に暗鬱な踊りを生き生きと踊り続けているものであることを、いつの間にか信じてしまっているに違いない。そしてそこに、『四谷怪談』の作者の自分以上のなにものかと対立しているテンションがあり、そのテンションがどれだけ自覚的、意識的につくりだされたそれであったかという問題は別として、『四谷怪談』がドラマとして持っている強い魅力があるのだと私には考えられるのである。

再び少々冗長な筆を、今度は『四谷怪談』に費し過ぎたかも知れない。が、ここで一気に現代へ飛んでいうと、上にいって来たような私たち日本人の無意識性、無自覚性というものは、今日まったくなくなっているといえるのかどうか。個の自覚というようなことが近代日本に輸入され、一世紀のあいだにそのこともちゃんと一応身につけてしまったような顔、またはつもりでいる私たち日本人として、それが身についていないのを叱る立場からではなく、日本人としてそのことが本当はどういうことなのかと考えてみる立場から、もう一度この問題を探ってみる必要がありはしないかと私には考えられる。そしてそれは、例えば第二次世界大戦というもの、そこにおける敗戦、引き続く占領政策というものに対する私たち日本人の対応の仕方、もう少しさかのぼれば、むき出しの国家権力に対して起った転向という現象のありかた、などの中でももっと探られる必要のあることであると思われるのだが、その肝腎の仕事にいま続けてとりかかるのはまだ少々唐突であり、準備の上でまだ私の手にあまる。

だが当面もっと問題なのは、どういう事情によったにせよ、例えば『平家物語』という古代末期の作品によって一度は確かにあのように打ち出されたあの歴史認識が、その後の日本でなにゆえ継承され発展させられなかったのか、言葉をかえると、その認識を個のものとして領有する受け止め手あるいは担い手がその後の日本になにゆえ現れなかったのかということがある。その例が個々的にないというのではもちろんない。しかし総体として日本になかったしないということは、はっきりといえるだろう。その総体としてなかったしないというところに、伝統の継承と発展という問題の問題点も、西洋の摂取あるいはそれとの統一という問題の問題点もあるのだと思われる。

少なくない字数を使って、結局問題の提起のみに終ってしまったが、ギリシア悲劇で出された問題を改めて整理しなおしたのは、それから二十一、二世紀後のフランスであった。十三世紀の日本で出された問題を、二十世紀の日本が改めて展開させようと試みること――現在の文脈にはまったいいかたを使えば、日本人にとってドラマとは、あるいはドラマティックとはどういうことかを改めて考えてみること――は、滑稽ではないだろうという言葉を以て仮りの結びとする。

芸術家の運命について

そのテレヴィ・ドラマが二度目の放映であることを知らないで、私はそれを見ていた。だから数ヵ月まえの最初の放映のとき、それが相当の問題になったドラマだということも、もちろん知らないで見ていた。そしてとうとう一時間二十分のあいだ、テレヴィの前から立てないで私はそれを見てしまった。私にとって、そういうことは珍しい体験であったといえる。ブラウン管にドラマを含めたいわゆる芸能番組が映し出されるとき、最後まで落ちついて見るということが、私にはまずほとんどといっていいほどない。なにかが常に気になっている。言葉のなまりかカメラのアングルか、台本の構成やせりふの書きかたの不自然さかまたは巧妙さか、その他その他の何だかがいつも、飯の中にある砂のように私をいらつかせ、何分か十何分かののちにスポーツかニューズかなにかへ、必ずダイアルを切りかえさせてしまうのである。ドラマを見ていてダイアルを切りかえなかったのは、テレヴィなるものでドラマを見始めてからこれが初めてではなかったかと、大分たってから、私は大げさに考えた。するとその感動——といっていいと思うのだが——は何だったのだろうということが気になって早速NHKへ電話をかけ、すると早速台本を貸してもらうことができた。ところがテレヴィのシューパーインポーズというのは一画面二十字以内ということになっているようで、台本のほうも、苦心の要約と省略を伴ったそれだけの字数ででき上っている。ポーランド語の分らない私とすれば、画面で見たのと同じそれら二十字以外のひろがりは、折角の台本を読んでも画面の記憶で埋めるよりほかないということになってしまったが、それにしてもそれらたったの二十字以内を、あの時はずいぶん読み落していたという気がした。が、同時に、俳優の演技が十二分にこちらを納得させてくれたことによって、あのとき眼で追っかけた二十字なんぞは記憶の内部へ溶け入ってしまっているということもあるのに違いない。いずれにせよ、ともかくもそういう手順でそのドラマの内容を思い出してみると、こうである。最初の放映ですでに相当問題になったというからには知っている人々の数も相当あるのだろうが、そんなことも、また一つの作品の内容を紹介するという自他ともにしんどい筈の仕事も気にならないほど私が自分で語りたいと思うそのドラマの中身は、こうである。

＊

あと数十分すれば『マクベス』の初日の幕があくという楽屋で、マクベスをやる俳優と演出家とが論争している。争点はただ一つなのであって、第二幕第一場の独白の解釈が、俳優と自分との間でくい違っている。だから困る！　と、演出家はいう。きみは、いよいよ主君のダンカン王を殺す決意を固めた深夜、庭を歩きながら、これから自分がそれを使ってダンカンを刺すはずの短剣――それは現在では、まだダンカンのベッドの両脇で彼を守るべく横になっている（実はマクベス夫人に麻薬で眠らされている）従者の腰にある短剣なのだが――の幻影を見る。いいか？「柄《つか》をこちらに向けている」その幻の短剣をつかもうとしてきみはつかめない。そして中空に懸かったその幻の短剣は、きみを目的の方角へ導いて行くように見える。ある筈のない短剣がそこに見える。「まだ見える！　しかも刃にも柄《つか》にも血がこびりついて！」——あのせりふからきみはどうも一人じゃなくなるんだな。いや、あそこまではいい。しかしあそこからあと、そうだ、四、五行とんで、「……瘦せこけた人殺しは見張りの役の狼の吠え声に起されて、ぬき足さし足……」、あそこからあと、きみは誰かを見てるようだ。それじゃ困るんだよ。きみは王を殺す直前の心理をつかまえそこなってる。おれは世界的に有名な『マクベス』の上演は全部見てるんだぜ。だからいうんだが、きみの演技は王を殺すことを忘れてるみたいだ。ダンカン王をではなくて、幽霊か恨めしい相手か、誰かを見てるような眼つきにきみはなる。誰を見てるんだ？　一体。

ゲシュタポさ、と、俳優はぽつんと答える。

ははは、と、演出家が笑いながらいう。そいつはすばらしい。天才のひらめきってやつだな。そういう効果の出しかたはおれだって知ってるよ。俳優の想像力ってやつだ。——ところで、今はきみ、誰のことを思ってる？　聖フランシスか？　ははは。とにかくあの短剣のシーンではきみは一人だけでいるんだよ。さあ、もうすぐ初日の幕があく。いいね？

さあ？　——と、俳優は口ごもる。

やれるな？

さあ？　——

何を今頃になって、と、演出家は怒る。表現の一貫性を守ってくれ。おれの主張は現代の危機に焦点を合わしたいってことだ。核兵器の脅威と罪をおれは暗示したい。

そこまで観客に伝わるかな、と、俳優は、そのように漠然たる概念的な「暗示」よりも、もっと具体的な何かを見すえるような眼つきでいう。

そんなことは分らんがさ、と、演出家はいらだっていう。何かの警告にはなるさ。シェイクスピアには新しい面というものがあるんだ、現代的な、な。彼は、天才は、現在というものを予見してる。だから……

だから？　と、俳優は、演出家の言葉の中にある「一般的真理」にちっとも感動しないで聞き返す。

だからさ、いや、すまん、とにかくもう一度その独白をいってみてくれ、あのシーンで失敗したら、全体としての危機の訴えもなくなっちまう、と、演出家はますますいらだっていう。

どうせ俳優は演出家の個性を表わす道具なんだからな、といいながら、俳優はその独白をくり返してみせる。こういうふうにか？

そうだ！　完璧だ！　それで行こう！

いいや。これはおきまりの型さ、と、俳優はいう。おれはいやだよ、少なくとも今夜は。おれは今夜の演技をある人に捧げたいんだ。それだけだ。

誰に？

演劇に。演劇の本質に。ある意味では偉大な俳優であった人、そうだ、「巨匠」にだ。

――すでにオルガンのバッハが聞えている。

中年の女校長が、焼きたての馬鈴薯――ただし一人に二つずつの数しかない――を抱えて現われる。

さあ、朝御飯ですよ。（人々のざわめき）――それは今から二十年まえ、一九四四年の冬、ナチ制圧下に置かれたポーランドのある田舎町の学校の一室、そこでの、まだみずみずしい俳優志望の青年であった現在の俳優の追憶がここから始まる、という形で、このポーランドのテレヴィ・ドラマ『巨匠』は展開されて行くのである。

＊

一回が二十字以内のせりふを画面の記憶で危っかしく埋めながらこうして復元してみると、演出家のいうことは「表現の一貫性」を主張するという点では筋が通っていると思われる。そして俳優のいわば個人的心情に立つ主張は、この限りでは意味不明である。もちろんその意味不明は、それがこれから解明されて行くだろうという期待を持たせるということで、この限りでは納得が行くからいいのだが。

ところで演出家のいう「現代の危機」や「核兵器の脅威と罪」などというものが、果して『マクベス』などによって「暗示」され得るだろうか。私はある不可欠の条件が充たされれば、暗示され得ることもあるだろうと考える。その条件というのは俳優の問題である。

私は思うのだが、『マクベス』にしても『ハムレット』にしても、あるいは現代の前衛劇からイオネスコやベケットの作品の中のすぐれたものを挙げてもいいが、それらにはすべて、意味の重層性というものがある。種々雑多な観客の階層的、知的程度のそれぞれのどれとも対応してそれらを面白がらせる要素をそれらは含んでいる。『ゴドーを待ちながら』を見終って、いわば寄席芸的な滑稽さに、それのみに堪能して帰って行くおばあさんがあるかも知れない。そのおばあさんを誰も責められないのは、『ハムレット』を見終って深刻な哲学的思考をのみ刺戟されつつ帰って行くかも知れない思想家を誰も非難できないのと同じである。ただいえることは、俳優は、いま使った言葉でいえば寄席芸的な滑稽さから深刻な哲学的思考までの幅を、つまり作品が含み、従って作品が俳優に要求している意味の重層性のすべてを自分のからだで表現して、あのおばあさんから思想家までのすべての客を満足させなければいけないのである。そうであるとき初めて、あのおばあさんも思想家も——たとえ意識はしなくとも——その作品の全体としての面白さと意味とをとらえることができるだろう。余談になるが、労演——勤労者演劇協議会——という全国的な観客組織の会員は、高校を出た年齢で入会して平均二十五歳で卒業（退会）するということを大分まえに聞いた。本当かどうか確かめたわけではないが、その話に象徴的な説明を与えると、日本で観念劇を上演するのは、少数の例外を除けば一斉に若い劇団、労演の会員のあの年齢に同じ俳優たちのようである。この作品の持つこのような観念は——パンフレットの解説としていくらそういってみても、その観念が舞台の上で生きるためには、俳優自身があの「幅」を、あの低劣とも見える滑稽さから抽象的な観念そのものまでの「意味の重層性」を表現できる成熟した肉体、敢ていうなら鍛錬された「芸」を持っていなければならない。「芸」がなく観念だけを問題にする俳優の舞台をおとなしく見ている観客は、観念だけをもてあそぶことに興味を持つ人々——その年齢の上限が平均二十五歳であるかどうかは知らぬが——に限られるだろう。発足以来六十年の日本の新劇がまだ脱け切らない若さを私はそういうふうに感じるのだが、そこでだがこれはここでは余談であり、余談としてではなくそのことを語る機会は別にあるだろう。そこでもとのテレヴィ・ドラマに返って——

＊

焼き払われたワルシャワからナチの軍隊に追われてここに落ちのび、女校長の好意によって、しかしその女校長を含めた五人がナチの監視下にひっそりとこの一室にいる。そこへゆうべ、身分証明書もなしにまぎれこんで来た俳優志望の青年。その六人のうちから、それぞれ実に簡潔的確に描かれている四人をいわば捨象して、俳優志望の青年と「巨匠」だけに話の要点を絞って問題を要約すると、こうである。つまり、「すみませんがお湯を」と女校長にねだって常に指先をやわらかくしておこうとし、「ぼくはとにかく欠かさず練習をしておきたい。もうすぐ戦争は終わるんだ」と自分にいい聞かすようにいってはチャチな小学校のオルガンに取りすがってバッハを弾く純情で気の弱い若いピアニストと、突然まぎれこんで来たあの青年を迷惑かつうさん臭そうに眺めつつ、戦後もしポーランドが共産党支配になったらどうしようと悩みながら自己の保身のみを考えて軽薄に立ちまわる老年の前市長と、その市長を軽蔑しピアニストを励まし、暴力による死を憎み生きることの意味を語る冷徹かつ毅然たる中年の医師と、ユーモアを心得ている一方女らしさを忘れず、あの青年をかばいながら皆を温く包んでいる女校長と——これらいかにも類型に落ちそうに見えながらそうではなく描かれている四人の人々をいわば捨象して、青年と「巨匠」に問題を絞っていうと、こうである。

職業は？　と女校長に聞かれて、ぼくは……俳優志望ですと答え、前市長の冷笑を浴びる青年へ、「巨匠」は——というより一人の老人は、きみ、本当かね？　と聞き返す。まあ、掛けなさい。そうか、俳優志望か。ふうむ。なぜ?

ほかに考えつかなかったので、と、おととし一応俳優学校にはいりはしたが戦争でその勉強も中絶した青年は答えてそして聞き返す。あなたも俳優ですか? ワルシャワの劇場ではお見かけしなかったようですけど……

ポーランド中で、といっところ、と、四十年まえが初舞台だったという老人は、青年からのそのつらい質問をそらしながら自分の経験を無理に誇らかに語り始める。あそこでもやった。ここでもやった。どこでも大当りだった。いい役ばかりやったとはいわんがね。

しかし結局ドサ回りだったんですね? と、失礼にも聞き返した積りではなかったのだが、老人にはそのような言葉として刺さる質問が青年の口から出る。

俳優は才能だけで勝負はできんさ、と、老人はいう。ツキというものがある。だがそのツキもやがてやって来た。ほら、このワルシャワの劇場への紹介状だ。書いてくれたのは、ほら、この大名優だ。わたしと一緒にデビューした。ウィルノで偶然会ったら、きみほどの者が旅回りとは何ごとだといって書いてくれた。昼食によんでくれて金も貸そうというのを断ったらこれを書いてくれた。読んでみたまえ。気をつけてくれよ、大切な記念品だ。「有能な俳優仲間」と書いてあるだろう? 仲間なんだよ、彼はわたしの。「その才能はわたしが保証します」。な? わたしはすぐワルシャワへ行った。ところがそのシーズンの各劇場の配役はもう終っていた。そして翌年のシーズンあきの九月には——

戦争ですね?

そう。一九三九年九月、世界大戦だ。——俳優は実力だけじゃだめだ。プラス運だよ。だが、今度この戦争が終ったら……

共和国になるさ、と、前市長が口をはさむ。

そんなことはいってない。劇場ができる。

どうせ共産党の小屋さ、と、前市長がたたみかける。

芝居ができれば何でもいい。誰でも出られる劇場なら。いい企画とだしもの。芸術の殿堂だ。わたしも売り出す。と、老人は熱い夢を見るようにいう。ただ、今までは名優偏重だった。しかし俳優には野心と情熱がある。ないのは機会だ。

そして老人は、「有能だのに下積みでいる連中」の「つらい毎日」について、それがあたかも自分自身の四十年間の「つらい毎日」とは別ものであるかのようにみせかけながら、情熱をこめてつぶさに語り続ける。その「つらい毎日」の中で「こじき同然」の生活を続ける俳優をも「勇気づける力」、つまり「劇場が創始以来秘めている魔力」について。だからこそ俳優が常に持ち続け得る誇りについて。そして再び、もう眼の前に迫っている戦後に自分が持つべき栄光について。そこでの彼の最大の理想は、自分が長年研究し続けて来たマクベスの役を演じることなのだという老人の手には、ドサ回りで同じ役をやったとき以来書きこみを重ねて来てぼろぼろになった『マクベス』の台本と小道具の短剣とがある。わたしは、と、老人はいう。マクベスの役柄は十分つかんでるよ。大事なのは殺人の黒幕であるマクベス夫人だ。若くて妖しい魅力をたたえた美女だ。その魅力に屈した男の、情熱ゆえの苦悩、激情ゆえの苦悩だ。

え？　と私（というのはこの文章を書いている私だが）は、あの俳優志望の青年と一所に口を出す。

権勢欲ゆえの苦悩ではないんですか？

違う！　情熱のためだ。

しかし——というのは青年の質問である。マクベスには国王殺害の野心があったんでしょう？　それはあとでの夫人との会話からでも分ります。

違う！　と、老人は断乎としていう。きみはマクベス自身が暗殺の首魁だというのか？　わたしの解釈をひっくり返そうというのか？　それでは芝居の本筋からも逸脱する。いいか？　やってみる。これはウールリヒの翻訳をわたしが少し直したせりふだがね。——

なるほど——というのが、老人の朗誦を聞きながらの私のひとり言である。さっきこの老人はいったな、「芝居ができれば何でもいい。誰でも出られる劇場なら」。あれは前市長が、「(戦後できるのは)どうせ共産党の小屋さ」といった言葉を受けてのせりふだった。つまりこの老人は、共産党の世の中であってもなくても、老人にとっての「いい企画とだしもの。芸術の殿堂」、それがあればそれだけでいいという「役者」として描かれてるんだな。そのことは『マクベス』に対する老人のあの古めかしい解釈と見合ってる。しかしそういう、いわば芸術至上主義者みたいな「役者」が主役として——たぶん主役なんだろうが——一九六四年のポーランドのテレヴィ・ドラマに登場してる。それはどういうことなんだ？

そう私が考えているあいだに、冷たくコンクリートの床に響く固い足音が規則的に聞えて、すでに一人のゲシュタポが、通訳を伴って現われている。ゆうべポーランドのパルチザンによる鉄道爆破があった。そのみせしめの報復手段として、この中から知識人の諸君を、かねての警告通りに拘引する。

分ってるな？

ぼくは楽士ですが——ピアニストで——と、氷りついたような静寂の中で、気の弱いピアニストが、いかにも彼らしく、聞かれもしないのに真先に答える。

身分証明書を。ふん、なるほど。あちらへどうぞ。

ビッテ、というのは、拘引組へどうぞということである。

市長です。

ビッテ。次。身分証明書。——なんだ簿記係か。次。

医師です。

ビッテ。

いや簿記係というのは、と、老人は訴える。簿記係というのは、わたしは俳優なんです。ただ食うために、戦争で食えないから簿記係をやってただけでわたしは俳優——ほら、紹介状を持ってます、ポーランドの大名優の。ほら、お読みになって——

ゲシュタポは、無感動に、眼もくれないでその紹介状を四つに破り、紙片はひらひらと床に落ちる。

次。

女教師です。

ああ、そう。ビッテ。

一瞬、こみあげて来る涙を押えて女教師は去る。

わたしは、と、老人はいい続ける。見て下さい。これが『マクベス』の台本です。わたしは俳優なんだ！

マクベスがやれるんかね！

やれますとも！

じゃあせりふを——

そこで老人は、あの独白を朗誦し始める。俳優であることは知識人であることを意味し、知識人であることは拘引されることを意味することを知り、しかもそのことを忘れながら——

俳優志望の青年が、物蔭から、やきつくような眼で老俳優を見すえている。

ああ、なるほど——と、その朗誦を聞きながら、私は声に出ぬ思いを持たないわけに行かぬ。「芸術至上主義」が政治の場へ引き出されていると見てもいい。「芸術至上主義」が政治の場を必然的に無視しているといってもいい。より正確には、一方の極に芸術至上主義、他の一方の極にむきだしの政治悪、その両極からぎゅうぎゅうにはさまれた地点に、芸術そのものがまさにそれ自体として誇らかに自立している刻々だとそれを呼ぶべきなのかも知れぬ。あるいはより単純に、すぐれた芸術が邪悪な政治にうち勝っているそれは一瞬一瞬だと。

何人かの人々へ、この部分の理解の仕方を私が聞いてみた中に、老俳優は「狼」という言葉をゲシュタポになぞらえて、この独白へゲシュタポに対する怒りと皮肉を籠めて朗誦し、そのことをゲシュタポが怒って、というのがあった。が、私はそうは思わない。老俳優は自分が「俳優」であることを、その誇りを認めようともしない青二才のゲシュタポへ、そのことをただ証明すべく全力を傾注するのである。そしてそういう老俳優の姿勢に即していえば、それがゲシュタポであってもなくても相手が邪悪な政治である限り、もし相手が自分を認めようとしなかったなら、やはり全力を傾注して相手を圧倒したのに違いない。そしてそのように行為することによって芸歴四十年の老俳優は、さきほどの私の言葉に引きつけていえば、『マクベス』という作品の持っている「幅」を、その「意味の重層性」を、あますところなく表現してみせるのである。

ただし、ゲシュタポの青二才は、圧倒されることがなかった。老人が俳優＝知識人であることを認めてくれたゲシュタポの青二才は、老人を前市長と入れ代りにして極めて事務的に「ビッテ」とだけ老人へいった。それはゲシュタポが「青二才」の「邪悪な」政治、それの象徴として存在していたからなのであるだろう。そして予測された通り、老人は他の三人とともに、三十分ののちに銃殺される。

老人は、と、私は思う。結局は芽の出るはずない、決してうまくない俳優であったのかも知れぬ。ただしかし、芽の出ない四十年間老人が持ち続けた執念が、二つの極の間で引き裂かれようとするこの危機的な状況のさなかに置かれたとき、老人は純粋に全く芸術家であり得た。いいかえれば、苦労の記憶のみ多かった過去四十年の日々の中で、自分をそのように危機的な状況の中に置くすべを知らなかったからこそ、老人は四十年間、ただ凡庸な俳優であり続けるほかなかったのだといっていいのかも知れぬ。逃避ではない積極的な自己主張を、ナチの銃口にさらされる最後の瞬間にだけ主張し得たということこそが、老人の悲劇であったというべきなのかも知れぬ。

テレヴィ・ドラマ『巨匠』は、しかしやはりうまく書かれている。そのような老人の悲劇を、その老人の身の上の一ぺんきりの悲劇に終らせないために――ために、というのもおかしいが――俳優志望の青年が、物蔭から喰い入るように老人の姿を見つめているというシテュエイションが設定されている。青年の視線をからだのどこかにはっきりと感じることによって、老人は一層あのように見事であり得たのだろう。わが生涯の誇りと一切の生命力とを青年の中に吹きこむことができたという満足感と死の予感とのまじりあったほほえみを青年に送って、老人は銃殺されるべく姿を消す。シーンは当然再び楽屋に戻り、ゲシュタポによって破り去られたあの紹介状を、小道具の短剣の先で掻き集めながら演出家がいう。「『有能な俳優仲間を紹介します』か。紹介者の名前も分らんな」。「三十分後にその老人は銃殺された。——忘れられない人だ」。「名前は?」。「知らん。聞かなかった」。「よし。この独白はきみの好きなようにやれ。——十五分後に開幕だ」

さて、俳優がどう演じたかを、テレヴィは見せてくれない。どう演じるかは、テレヴィを見終った私たち一人一人の中に課題として残される。「二つの極の間で引きさかれようとするこの危機的な状況のさなか」、「両極からぎゅうぎゅうにはさまれた地点」、それは今日では、一九四五年以前を回顧しつつ五九年にサルトルがいったように、簡単ではない。(「当時、選択は簡単でした。——自分の選択を固守するのに、大変な力と勇気が必要だったにしろ——やはり選択は簡単でした。つまり、ドイツ人に組みするか敵対するかしかなかったのですからね、黒か白かというようなものですよ」)。確かに今日、それは簡単ではない。簡単ではないどころか、全く複雑である。そういう「状況」あるいは「地点」に自分を「置くすべを知らな」いか知っているか、その結果として「逃避的ではない積極的な自己主張を」常になし得るかなし得ないか、それは全く複雑である。そして、そこにおける決定のすべては、すべて私たち自身にゆだねられている。

ある文学的事件——金嬉老が訴えたもの

ある新聞はライフル魔、ある新聞はライフル鬼、ある新聞はライフル男と呼んだ一人の朝鮮人が起した今度の事件を、私はまじめな意味で一つの文学的事件だと考えるのだが、その理由はこうである。金嬉老というその男がライフル銃と数百発の実弾と数十本のダイナマイトを持って山峡の小旅館に立て籠り、十六人の人間を人質とした上で犯行の動機を社会へ訴えた言葉の中に、最初から、日本人の朝鮮人に対する〝人種差別〟ということがあった。

小さい時からいうにいわれぬ差別待遇に苦しんで来たこと、その一例として最近で腹にすえかねた事件は、新聞によれば去年の夏にS署のK刑事が、日本人と朝鮮人の喧嘩の際「この朝鮮野郎」とのしり、見ていた自分が「私も朝鮮人だがなぜ朝鮮人だけを責めるのか」と聞いたら「ばかやろう。お前ら日本へ何しに来たのか」とどなり返した。そこで自分は「それほどわれわれをばかにするなら、そのうち思い知らしてやることがある」といったら、K刑事は「上等のせりふだ。やってみたらどうだ」といい返した。うんぬん。

テレビでの謝罪を金嬉老から要求されたK刑事は「私は心当りはないが」とテレビで語ったそうだ

が、そして本当に心当りがないのかどうかはもちろん私にわからないが、それならばS署のK刑事ではないX署のQ刑事が、去年の夏ではないいつかの冬に、金嬉老ではない一人の朝鮮人へそういう言動を示したことが間違いなくあったということは、私はいい切っていいいと思う。

一つ注釈を加えておきたいことは、〝差別的な〟侮辱の言葉というものは、それが歴史的に形成された無意識の優越感に立って吐かれるものであるゆえに、吐かれたほうでは心に徹し肝にしみこむ屈辱感を覚えずにいられないものだということだ。

毎日新聞二月二十五日付、今回の事件の担当記者座談会の中に「警察の取調べというものを一般的に考えると、K刑事ではないかもしれないが、取調べの刑事が〝犯人〟に対し侮辱的な言葉を吐くことはあり得ると思う」がいけないことだという意味の発言があり、それはそのとおりに違いないが、ただ単なる侮辱的な言葉は、いかにひどいものであっても、いかに軽い〝差別的な〟侮辱の言葉よりも軽いのである。軽いのではなくて意味が違うのである。

そしてその違いを私たちに気づかせてくれるものは、いわれなき優越感をいつの間にか持っている私たち自身の罪の意識のみである。

私は思うのだが、私自身、個人的には、朝鮮の人々に対しても、沖縄の人々に対しても、部落の人々に対しても、差別を行なった記憶はなに一つない。が、にもかかわらず私たちは私たちの父の代、祖父の代、それより以前の代々によって、個人的な私たち自身とは関係なく犯されたところの、他民族と自民族に対する差別の罪からのがれることはできないのである。それは私たちの負わねばならぬ原罪である。感傷からそういうのではない。そのように思いこまぬ限り——そのようなふうに〝罪の意識〟を私たちが私たちの内に持たぬ限り——差別という不合理はこの世から消えてなくならないと思われるからそういうのである。

さて、新聞紙上に見る経緯では、この点に限っていえば、S署＝警察権力＝国家権力、対金嬉老＝朝鮮人一般というふうにふくれ上がっていき、そのことの意味が各紙で論じられ、いやでも日本国民の注意を、これまでにないほど喚起したかに思える。

そこで一つの仮定を立ててみるとしよう。もし金嬉老という人が、世間の常識でいうまともな人間であったなら、やくざでもなく、前科七犯でもなく「元ブローカー」でもない四十一歳の、平穏に日本に住む、ただし民族的差別への正当な憤りを深く心の底に持つ一人の朝鮮人であったとしたら——

そしてもしそういう金嬉老という朝鮮人が、雑誌や新聞やテレビで自分の考えを常に社会に訴えることができる立場の職業にいる人であったとしたら——そのこと自体が今日の日本に住む朝鮮人にとってほとんど考えられないことだが——そうやって彼が日夜問題を説き続け得たとしたら、説き続け得たとしても、その金嬉老氏の発言は、現実の金嬉老の今回の言動が日本の社会に与えた効果の果たして何百分の一の効果を持ち得ただろうか。

現実の金嬉老は、世間の常識に従えば〝悪い奴〟ではあったろう。やくざであり前科七犯であり「元ブローカー」ではあったろう。本来的に〝悪い奴〟になる素質を持った特定の人間というものがいるのかどうかは私は知らない。が、彼の生まれる以前から存在し続けていたところの、朝鮮人に対する日本人の不当な〝人種差別〟が、彼の生涯の一部を、あるいは多くの部分をゆがめただろうことは疑いようがない。

そして〝悪い奴〟としての彼は、金のもつれから、たとえ暴力団員であったとしても人間を、二人の人間を射殺するという確かに悪いことをした。そして銃と弾丸とダイナマイトを持って十六人を人質にするという確かに悪いことをした。が、だからこそ、そういう〝悪い行為〟の結果、彼は初めて人種差別の不当を社会に訴えるという〝いいこと〟を、結果としてこれだけ広く、一挙になしとげてしまったのである。

この矛盾をどう考えるべきか。日本の（あるいは広く人間の）社会と歴史とがはらんでいるこの矛盾をどう考えるべきか。

私たちは自分の文学作品の登場人物たちに、しばしば犯罪を犯させ殺人を実行させる。が、それは、単に犯罪を犯させ殺人を実行させるためにそうするのではない。犯罪を犯すことによってしか、殺人を実行することによってしか証明できず現実化することのできないなにごとかを、そういう切ない矛盾をはらむなにごとかを証明し現実化するためにそうするのである。

私たちが作品を書く中でおこなうそういう行為を、金嬉老という人は現実の行為として行為してしまったと私には思われる。単なる〝事件〟ではない〝文学的事件〟として、今度のことがらが私を考えこませるゆえんである。

シェイクスピアの翻訳について——または古典について

シェイクスピアの邦訳、それが不可能だとただいってしまうことは可能だが、そういうだけではあまり意味がないだろう。ヨーロッパ語同士のあいだでならまだしものこと、日本語にシェイクスピアを翻訳する仕事が、小刀《こがたな》で大木を倒すか、のこぎりで鉛筆を削るかが不可能であるというのと似た程度に不可能であることは、初手から分り切っている。

だから翻訳はしない、という前提の上に立って不可能の理由を論じるというのなら、まだしも意味がなくはないかも知れぬ。しかしこれまでにシェイクスピアの邦訳は多くされてきており、私自身もそれをしてきており、またしかけている。すると必要な論議は二つ残るだけであって、それほどの程度にまで不可能だというそのことの中身とそれに対応する方法は一体どういうものであればいいのか。前者が一般的な演劇論か文化論になりかねないのに較べれば、後者は直接シェイクスピアを論じるための契機を、前者よりは多く含んでいるかと思えるので、さしあたり後者について、ここでは少し考えてみたいと考える。

まず、詩の翻訳が不可能であるという分り切った一般論の中に、シェイクスピア翻訳不可能の理由のすべてを入れてしまうというあの見方には、私は賛成でない。シェイクスピアのせりふは原則として詩形式で書かれており、詩の翻訳不可能論の理由はほとんどすべてがシェイクスピアに当てはまるだろうことは確かだが、ただ詩は必ずしも音読を前提としていないのに、せりふは必ず声に出されることを前提としている。声に出されることによって、そこに書かれていることがらの意味は初めて完結されるというのが、せりふを含めて音読を前提とする文章の存在理由である。「ことばの〝意味〟の意味について」という題の短いエッセイで、そのことの意味を私は先日次のようにしるしてみた。

*

U先生がこのところアラビア語の勉強をしていられるらしいということを知ったのは、数ヵ月前のことだ。去年かその前の年かはサンスクリットだった。そのようにして予定の何ヵ国語か、その中には私など名前も知らないことばが含まれているかと察しられるが、その何ヵ国語かの勉強をし終えると、そのとき自分は九十二歳になっているはずだと、去年だったか先生は笑いながら話された。あとになって考えるに、あれは極めてまじめな冗談だったというべきだろう。

そうすると――と、しかしそのときは私は、単純な冗談のような気で受けこたえをした。そうすると、九十二歳からいよいよ先生の学問の構築が始まるというわけですね。

U先生はただ笑っていられたけれども、今にして思えば私のあの受けこたえは、やはり相当とんちんかんなものであった。まず語学、それから学問、という旧い旧い定式に、U先生より十いくつも若い私がしばられていたわけだ。しかしそのとんちんかんさが多少とも私に分ったのは今年にはいって、数ヵ月前のある日、アラビア語について先生がちらりと洩らされた時のことだから、去年の失言をそこで後悔しようとしてみても始まらなかった。アラビア語の語学としての勉強が、同時にすなわち、ドイツ中世史から出発して広漠たる世界史の構想を組みたてようとしていられるらしいU先生の学問の内容そのものであるらしいことを、今の私が多少とも察しているのは、おおよそ次のようなふうにである。

U先生は、毎朝アラビア語のリンガフォーンを聴いていられるということだった。むろん〝語学勉強〟もしていられるのだろうが、毎朝リンガフォーンを聴くU先生の主たる目的は、アラブ系アラビア語とアルジェリア系アラビア語の両方でつくりあげられているリンガフォーンの標準アラビア語の中から、アラブ系の発声発音を耳で選びとるという仕事であるらしい。なぜかというと、U先生は『コーラン』を読もうとしていられるらしいからであり、そして『コーラン』はアラブ系アラビア語で誦されるものであるからということであるらしい。

らしいらしいと続けたのは、私の不確かな記憶をごまかすためだが、要するにそこでのU先生の作業は、単にアラビア語の勉強、というだけのことではなく、そのことが同時に『コーラン』の内容の理解という深刻な思想的、学問的内容と一つになっていると、私には思われる。思われる、という意味は、ここで問題を、一般的な方向へ向け変えながらいうと、例えば本来朗誦されるものであった

『コーラン』の本当の意味は、その本来の発声発音を通してのみ、初めて理解されるものなのだということだ。アラブの著名な『コーラン』学者が、『コーラン』が日本語に翻訳されるという話を聞いてびっくりしかつ怒ったという話があるそうだが、つまり原本のアラビア語を、いかに忠実に一語一語日本語に置き換えてみても、それは『コーラン』の意味を少しでも伝えるものであり得ないということなのだろう。

先日岩波ホールで山本安英の会が、〈ことばの勉強会〉の試みの一つとして、『平家物語』の原文による群読をやった。それは台本構成を引き受けた私にとっても、聞いていて甚だ魅力的かつ感動的なものだったが、その魅力や感動は、伴奏音楽の構成だけでなく演奏をまで受け持った佐藤慶次郎氏を含む出演者（誦み手）たちと演出者横田雄作氏らのつくり出したそれらであったわけでもあるけれども、ここではことばの問題だけを取り出していうと、本来が語られるものであった『平家』の原文による朗誦において、ことばそのものの語釈的意味は、おそらく七割がたしか聴衆に分らなかったかも知れない。だが実は、そこにこそ重要な意味があるはずなのだ。

今はただ心弱うこそまかりなッて候へ。いかなればこそ子はあッて、親を助けんとかたきに組むを見ながら、いかなる親なれば、子の討たるるを助けもせで、かやうに逃れまいッて候らん。もし人のことで候はばいかばかりもどかしう存じ候べきに、我が身の上になりぬればよくよく命はおしゐ物で候よと、今こそ思ひしられて候へ。人々の何と思はれん心のうちこそ恥かしう候へ。

これは剛勇平の知盛が、ふっと臆病の心にとらわれて、自分をかばう子息知章《ともあきら》をわが眼前で敵に討たせたまま逃げのびたあとでの感動的な述懐だが、考えてみたまえ、これをもし忠実な現代語で、例えば「今はただもう心が弱くなってしまいました。どういうわけなんでしょう一体、子供がいてその子が親の私を助けようと……」――こういうふうに忠実かつ正確な翻訳をもし朗誦したら、朗誦しても、それはことばそのものの語釈的意味は十二分に聴衆に分るだろう。しかしその訳文が伝える感動の分量は、ことばそのものの語釈的意味がおそらく七割ほどしか分らない原文の伝える感動の分量の、おそらく三分の一か十分の一であることはほとんど間違いない。

それは、ある文章の持っている〝意味〟の内容というものが、決してことばの単なる平明な置き換えだけで伝えられるものではないということなのだ。原文の持っているエネルギー――魅力といっても感動といってもあるいはうねりといってもいいかと思う――が感覚的にこちらをうってくるとき、もちろんその際原文の語釈的意味も最低七割までは理解されることを必要とするだろうが――右の引用原文はそのため最小限に私が手を加えたものであることを断っておかねばならないが――そのとき初めて原文の本質的な〝意味〟はこちらに伝わってきたということになる。それは朗読を前提としない散文の場合でもそうだろうが、ことに本来朗誦さるべきものである文章については、ことにことにせりふについてはまさにそうなのである。『コーラン』の〝意味〟を理解するためには、だから二年かかっても三年かかっても、そしてアルジェリア系とアラブ系を選り分けるというようなややこしい手続きがどれだけ必要であっても、それはやられねばならぬということになり、そしてそういう手続きと時間とをくぐりぬけてやっと『コーラン』そのものへ辿りついたとき、既に『コーラン』の〝意味〟

は七分通り体得されているのではないかと私には想像される。〝語学の勉強〟すなわち〝思想〟というユニークなそしてオリジナルな発想と実践とがそこにはあるらしいと、私には思えるわけなのだ。

すると翻訳不可能論、あるいは無用論か。無用だとはむろん私は思わない。が、不可能だとは思う。散文はまずまずとして、詩と戯曲はまさに不可能だといえる。私は若い頃、シェイクスピアのデクラメイション（朗誦）を何年かイギリス人に教わったが、その乏しい経験からしても、朗誦を前提とした詩形式のあのせりふが、日本語などに訳せるものではないということが分る。シェイクスピアさんがいま生きていて、自分の戯曲が日本語に訳されると聞いたら、眼をむいて怒るかびっくりするか。それともあの経済観念の発達した常識人は、著作権料がはいるのだからどうぞいくらでもおやりなさいというかどうか。

こういうことをいいながら、しかし私はこれまでにシェイクスピアを訳したしこれからも訳そうとしている。なぜですか。翻訳有用論だけでは到底合理化できないとすれば、ここで私は、〝翻訳〟すなわち〝芸術行為〟とでもいったような、ユニークかつオリジナルな発想をつくりださねばならないか、などとまじめに考えたりもする。

＊

以上、終りのほうは少々雑談になったが、ともかくそういうわけであって、だからシェイクスピアの翻訳の場合も、そのことを当然念頭に置かねばならぬ。すると翻訳の場合、その問題はどのように考えられたらいいか。私はシェイクスピアの——とは限らぬこと当然だが、ここでは問題を散らさないためにもっぱらシェイクスピアに限って話を続けるが——シェイクスピアの翻訳で一番肝腎なことは、その原文が本来持っていることば、それもせりふという特殊なことばとしてそれが持っているエネルギー、エネルギーのうねりを、日本語としてどう再生産するかということにあると思う。今日の日本語としてどう分りやすくことばを置き換えるか（それはむしろやさしい仕事だ）ということが問題なのではない。今日の日本の俳優が、その手持ちの技術でいいこなせる（またはやりこなせる）ように、それは調子を合わせて平明に訳すこと（それはむしろやさしい仕事だ）が目的であっていいわけは絶対にない。その点でいうなら、どうにもいいこなせないそのせりふをどのように自分のことばにするかと七転八倒した俳優が、結果自分の手持の技術を突き破って新しい方法を発見するというような〝事件〟は、翻訳されたシェイクスピアにおいて当然起っていいというより、起るのが当然であっていいと考える。私は以前、次のような文章を書いたことがある。「上演を前提として、あるいは念頭に置いてシェイクスピアの邦訳を考える場合、もし英国の、あるいはヨーロッパ一般のシェイクスピアを見たり聴いたりしたことのある人なら、誰だって意気阻喪させられてしまわないわけに行かないだろう。今までの日本のシェイクスピアの舞台で、その発声とエロキューションが、歌舞伎、あるいは新派、あるいはナニワブシ、あるいは無方法的な怒号等々でなかった例はまずないし、また将来もそれ以外のものであり得る理由は、日本の俳優の本来の発声とその基礎訓練の方法（のなさ）という一点からいっても、なかなかあり得ないのである。このことはむろん、ラシーヌやコルネイユなどにも当てはまることだろう」——ことわっておくがこれは九年前の文章であって、その後の九年間の事態がどのようであるかは読者の判断にゆだねたいが、そこでこの問題に関して二つのことが頭に浮ぶ。

一つは、シェイクスピアは今日のイギリス人にとっても（一般に古典がその国の人にとってそうであるように）決してやさしくはないのである。スコットランドの古典学者キャンブル（Lewis Cambell [1830-1908]）が、いつかどこかでこういうことをいったそうだ。「相当教養ある（今日のイギリスの）人たち十人を選んで、ハムレットやマクベスの独白を、即座にパラフレイズせよといったら、そのうち幾人が、躊躇せずに、正確に、それを果すことができようか」（本多顕彰『シェイクスピア襍記』作品社、一九三六年）。そしてこのむずかしさを、パラフレイズではなく翻訳の問題としていうと、問題は単に古い用語や詩形式の移植の難かしさというところだけにあるのではなく、例えば難解な表現を含む長い長いセンテンスをいわばひと息に訳し下《くだ》してそれをまさに日本語として——従来の日本にはたとえ見当らない表現であっても——いかにまさに定着させ得るか得ないかというところにあるはずである。そしてそのようなことの総てを引っくるめて古典の持つエネルギー、エネルギーのうねりのようなものは初めて再創造される。シェイクスピアの長いせりふをぽつぽつと切り平明な現代語に置き換えて〝分りやすく〟訳すことは、その肝腎のもの（エネルギーとエネルギーのうねり）を消失させるという意味で誤りであるとさえいっていいと私は考える。

そこでいま一つ、そうであるから、シェイクスピアの翻訳のような、例えば長い難解なセンテンスをいいこなすすべをもしまだ手に入れていない日本の俳優が、自分がそれを手に入れていないことには気づかずに、あるいはそのことを棚に上げてこの翻訳はうまくいいこなせないから悪い翻訳だなどと口にすることがあったとしたら、それは笑止以外のなにものでもない。私はずっと以前に『オセロー』を訳し、その翻訳によってある劇団が公演を持ったが、そのけいこ場である俳優が、右に書いたようなことを口にしたということを、これはずっと後になって聞かされた。また亡くなった土方与志氏から、その私の訳のセンテンスが長すぎるのではないかという意見を、これは直接伺った記憶がある。この問題に対する私の答えの半分は上にしるした。あとの半分については、ここでまた先ほど引用した九年前の旧稿の一部を再録しておきたい。わざわざ旧稿を引くのは、二十年以上も前に訳した自分の訳を一から十まで弁護したいためでは毛頭ない。現在の私は当然あの訳に多くの不満を持っているが、右の問題に答えると同時に、その頃から今まで、私の中に少しずつ固まってきた考えかたの筋道をここで説明しておきたいからである。

＊

……古典としての――十六、七世紀の作品をそういうことばで呼んでいいならばだが――シェイクスピアの文体を、翻訳の上でどう扱うかということである。この点で、多くの邦訳について私が疑問に思うのは、それがあまりに分り易く訳されすぎているということだ。何とかして一節でも一語でも、少しでも難解なところがないようにと、隅々にいたるまで気をくばって咀嚼した結果を見せている翻訳さえあるかに思われる。むろん翻訳は分らねばならないが、シェイクスピアが今日の英国人に対して持っている分りにくさ、そして彼の存世当時の観客に対しても持っていたはずの分りにくさというものは、そういうこととは別な質の分りにくさであり、そしてこの、質における分りにくさというものは、ことに今日、古典としてのシェイクスピアを考える場合、決して意味のない要素ではないだろう。

ではその意味はなにかということを、正面から考える場所では、ここはないように思えるので結論だけをいうと、その難解さは、古典としてのシェイクスピアの文体が持っているヴォリュームあるいはエネルギーということと、ぬきさしならない関係があるように私には考えられる。重ねてあくまで結論だけをいうことになってしまうが、詩形式で人間の語ることばを書くという事情は、シェイクスピアが自覚していたといないとにかかわらず、シェイクスピアにとっての制約であったはずだ。そしてそのことが、シェイクスピアの文体の持っているあのヴォリュームないしはエネルギーの原因の一つであると私には思われる。詩形式が詩形式として持っている可能性のことをこの際いっているのではない。人間が自由に語る、その意味では無法則的な日常の会話というものを、詩形式というワクの中にはめこんでしまういわば無理さというものから逆に生れてくる、そこからほとばしり出てこざるを得ないあの力のことを私はいうのである。

そして、このことが承認されるなら、シェイクスピアを邦訳する場合、訳文のどこにどういう制約を置くかという問題が出てくる。それは、なるべく分りやすくということとは、むしろ正反対なことである。単に分りにくいという意味で正反対なのではなく、訳者におけることばとことがらの理解が十分に行きとどいた上で、さてそれをどのような制約の中に置き、シェイクスピアが本来持っているあのような分りにくさの本質を、訳文の文体としてどう再創造するかという問題でそれがあるという意味において、安易な分りやすさとは正反対だというのである。そしてそうなってくると、これは訳者それぞれの個性と才能との関係における創造方法の問題であって、一般的な論議はあまり意味をなさないということになってくるだろう。詩型の移植ということには今のところ私は絶望しているが、一つだけ私のつたない体験をあげておくと、十数年まえ初めてシェイクスピアを訳したとき、私なりに守ろうとした原則がいくつかあったことを、あまりはっきりとではなく思い出すが、その中に、原文のセンテンスは、それをいくつかに切って訳すほうが分りやすい場合でも切らないで、やはり一つのセンテンスとして訳すこと、というのがあったように思う。当時としてはおそらく、二葉亭や鷗外が、原語のパンクテュエイションにこちらのそれを合わせようと努力したという、あのやりかたにならってやってみたいという気持以外に、明確な理由はあまりなかったのかも知れぬ。土方与志氏から、私の訳のセンテンスが長すぎるのではないかという意見を伺った記憶があり、日本の俳優の実際から考えてみて、私も氏の疑問をその時は否定し切れなかったことを思い出すが、しかしいま考えてみて、たとえばあのことは、邦訳の文体に課することのできるいくつかの制約の一つに、確かになり得るのではないか。

＊

詩型の移植ということには今のところ絶望しているが、と、右の引用で九年前の私はいっている。文字通りの詩型の移植など絶望的なことはいつだろうと当り前の話であって、それは最初にもいった通りだが、私が考えることは、もとの詩型から受けた質感を等量の日本語にどう置き換え得るかということなのだ。福田恆存氏のシェイクスピアの翻訳に私が疑義を感じるのは、あるいは翻訳の基本的態度ということで氏と私が違うのは、主としてその点においてのようである。例を探すことはやさしいが、今はなるべく短い一例として、氏自身がその「翻訳論」の中で使っているものを引いておこう。『ジューリヤス・シーザー』〈三の一〉で、暗殺グループの中のキャスカが突如真先にシーザーを襲う時のたった四語のせりふだが――

Speak, hands, for me!

これについて福田氏は、中野好夫、坪内逍遥両氏の訳と自分の訳の三つを並べて、自分のが一番いいといっている。

かうなれば、腕に物を言はせるのだ！　（中野訳）
もう……此上は……腕づくだ！　（逍遥訳）
この手に聞け！　（福田訳）

自分の訳が一番いいとする福田氏の説明は、一ページ半の長いものだから全部を引用するわけに行かないが、この際福田氏が他人の訳を悪いとし自分の訳をいいとする理由のすべては、俳優の動きを基準としている。やはりある程度引用したほうが分りいいだろう。その説明はこう始まっている。

「この三つの訳を対象しながら、それぞれにおいて役者はいつ短剣の柄に手を掛けたらよいか、いつ足を踏みだしたらよいかを考へてみることだ。逍遥訳においては、『腕づくだ！』と共に襲ひかかるよりほかにない。『もう』で柄に手がゆき、『此上は』で上体が迫つて相手に躙り寄る。やや歌舞伎的である。附廻しの形になり、シーザーは殺意を感じて警戒しながら、周囲を見廻すといふ段取りだ。が、附廻しを楽しむだけの余裕はない。キャスカは『此上は』の後の『腕づくだ！』をさういつまでも待つてゐたのでは、気が抜けてしまふ。それでは間がもてない。それにしても、原文は明かに一挙動を予想してゐて、『用意』と『ドン』と二挙動には分ちえないものである。といつて、『もう』で襲ひかかつてしまふと、『腕づくだ！』は呑んでしまふよりほかに手はない。『もう……此上は……』で、キャスカの短剣はシーザーを刺してしまつてゐる。その後で、剣を抜きながら『腕づくだ！』では恰好がつかない。／しかし、二挙動にせよ、逍遥訳にはとにかく挙動がある」

以下、同じ原理からの中野訳批判になるのだが、この説明はこの限りでなにも差支えがあるわけではない。決定的に差支えがあるのは、ことがシェイクスピアのあの原文にかかわっているからなのだ。

Speak, hands, for me !

僅か四語、四つの音節だが、いずれも日本語の母音のように短くまたは幅狭くはないその四つの母音のいずれにも強烈なストレスを置いて発声されるこのせりふ（いくつかのレコードを聴いてみても皆そうだ）の持っている激しいヴォリュームやうねり、つまりエネルギーは、「この手に聞け！」という短い日本語、原文とくらべて敢えていうならあっけないほどに短いこの日本語によっては到底代置され得ないと私は思う。もし凡庸な俳優ならいたずらに絶叫してしまって「この手に」はほどんど観客の耳にとまらず、「聞け！」だけが辛うじて分るのではないかとさえ思うというようなことはいらぬ配慮かも知れないが、それにしても同じ文章の中でこのせりふのことを、「このせりふは短剣の動きのごとき鋭く早い身振りをもつてをらねばならず、また役者が激しく襲ひかかれる身体的な身振りを伴ひうるものでなければならない」とか、「いはばせりふとしぐさとがほとんど一瞬にして相互に因果をなしうるやうな、さういふ言葉が必要なのだ」とか書いているところを見ると、福田氏は短い（速い）時間をこの訳語の発音に要求しているらしい。それでなくてもあっけないほど短い「この手に聞け！」を特に速く発音しながら、原文の持つあのヴォリュームやうねり、つまりエネルギーを表現することは、凡庸でない俳優にとっても不必要に至難な仕事であると私には思われる。

しかし、福田氏がここで考えているのは恐らくそんなことではないだろう。「挙動」ということに頭が行って、原文の、たびたびいうが激しいヴォリュームやうねり、つまりエネルギーに気が行っていないのだろう。

だが私の考えていることも、全く別な意味で、そんなことではないのである。原文とできるだけ等量のエネルギーを日本語として成立させる。そうしてしかも俳優には、せりふそのものは一瞬のあっけなく短いものでないとしても、一瞬にシーザーを刺す鋭い動きを、それは俳優の仕事として俳優自身が発見すべく要求する。ではどう訳すか。弁解ではなく、私は『ジューリャス・シーザー』を訳していないから私としての結論は今すぐには出し得ない。ただ福田氏は「『直訳』すれば『語れ、手よ、わがために！』である」といっているが——“for”を「わがため」ではなく「わが代りに」だとしている注釈者もあるがそれは今どうでもいいとして——この「直訳」は「この手に聞け！」より原文のエネルギー量に近いものを持っていると私は思う。つまりこの「直訳」の回りをまわりながら、『ジューリャス・シーザー』全篇の中に定着する訳語を発見しようと私はするだろう。

　あまりに短いせりふに、あまりに長くかかずらわったといわれるかも知れない。いま一つだけ例を出しておこう。『ハムレット』〈二の二〉の最後、この作品中最も長い六十行のハムレットの独白の最初の部分である。「ああ、やっと一人になれたな。ああ、何というだらしない度しがたい卑怯者だおれは！」、これに続く七行は、一つも終止符《ピリオド》で切られていず、いくつかのコンマを伴っているのみである。とりわけ福田氏がそれに主として拠っているらしい「ニュー・シェイクスピア」版の編・校訂者D・ウィルスンは、底本のコンマの「特に劇的な意味を含むと思える」もの（つまり特に必要な区切り、間《ま》、ということだ）は、コンマをダッシュ（——）に変えているが、ウィルスンの版でもこの部分は普通のコンマのみが打たれている。つまり、これまたいくつかのレコードで聴くことができるように、いわばひと息に語りあげるべき七行なのだ。その部分の私の試訳はこうである。（比較のために私も改行しない。）

　おそろしいことじゃないか、今ここにいたあの役者、ただ気分をつくり空ごとの激情を燃やすだけで心に描く人物へと思いを駆りたて、思うがままに顔面は蒼白、眼には涙を浮べて狂乱のおもざし、声も乱れ全身の機能がそのままからだの動きとなってその人物を表現する、しかも何のためにだ！

福田氏の訳（新潮社世界文学全集版では、どういうわけか氏の持論に反して現代仮名遣いと当用漢字になっているが）はこうである。

あの役者を見ろ。ただの絵そらごとではないか。それを、いつわりの感動にわれとわが心を欺き、目には涙をため、顔色蒼然としてとりみだし、声も苦しげに、一挙手一投足、その人物になりきっている。なにを考えているわけでもないのだ！

つまり原文の持っている吹き上げるようなエネルギーの量を、原文にはない三つの終止符《フル・ストップ》を途中に入れることによって——という以外にも異論はあるが——福田氏の訳は伝え得ていないと私は思うわけだ。見られるように、私の訳のほうが長くなってはいる。それは自分の訳を「おそらく他の誰の訳よりも、シェイクスピアの原文に忠実な訳だ」（「翻訳論」）と書いている福田氏が、例えば「おそろしいことじゃないか」（"Is it not monstrous"）という部分をどういうわけか訳していないというような点を別としても、たぶん私のほうが長くなる。話しことばとしての日本語が英語よりテンポがおそいという一般的事情と重なって、私の訳がある程度長くなるだろうことは、私としてはやむを得ないと考える。とにかく私は、最小限の息を継ぐ間《ま》はもちろんいくつかあるとして、この七行がひと息に、激しい緊張をたたえつつ、押えつけようとしても押え切れぬ激情の吹きあがってくるせりふとして速い速度でしかし明瞭に語られることを、日本の俳優に、俳優の仕事として要求したいのである。（なお先ほどもいったように、このモノローグはこの部分に似た緊張感をたたえつつ、まだあと五十一行続くのだ。）

原文にはない終止符、というより休止符をなぜここで三つも福田氏は入れたか。つけ加えれば、最初の「何というだらしない度しがたい卑怯者だおれは！」と私が訳したあの一行も、原文には一つのコンマもないのを福田氏は、「このおれは、なんとやくざな根性か。度しがたい臆病ものめ！」と、ぽつぽつ切って訳しているがなぜだろうか。さきほどの“Speak, hands, for me!”という短いせりふに対する福田氏の長い説明から私が推測すれば、それは俳優の（それも日本の俳優にとっての）合理的な「挙動」、ただしこの場合は「身体的」だけではなく心理的な内的な「身振り」にもっぱら気が行ってのことかと思われる。シェイクスピアのせりふの中にすぐれて「身体的」要素が含まれているのはもちろんだが、それはいま別のことだ。すると一種の近代主義的な解釈によるものと、福田氏の訳を呼んでもいいのかも知れぬ。つまり俳優は喜ぶわけだ。福田さんの訳はしゃべりやすいと（実際いったかどうかは知らぬが）いうはずだ。（ついでに、観客も読者も「分りいい」と喜ぶだろう。）

ただし、上に引いた福田氏のことばだけを根拠にして福田氏のシェイクスピア理解を批判しては片手落ちになるだろう。あの「翻訳論」の中で、福田氏はまたこうもいっている。「いかに長せりふでも、シェイクスピア劇では一つのせりふは一息で喋らねばならぬのである」。そしてその例として『オセロー』〈一の一〉のイアーゴーのせりふの自訳を引用しているのだが、しかしここでまた私が分らなくなるのは（福田訳のこの引用部分とこの部分を引用することとにも私は疑義があるけれどもそれはもうやめておこう）、今の「いかに長せりふでも」は、次のような文章を受けているのである。

「ある劇作家が私の訳について読点つなぎの文章の多いのを非難し、何処で切つたらよいか解らないと言つてゐたが、シェイクスピアの原文がほとんどそれに近いものなので、いかに長セリフでも、……」。これが私には分らない。いま『ハムレット』からほんの一例を挙げたことからも分つてもらえるだろうように、福田氏の訳は「何処で切つたらよいか解らない」のまさに正反対ではないか。

そしてあの「翻訳論」の中で私が完全に福田氏に同意できるのは（ある程度同意できる点なら決して皆無というわけではないが）ただ次のひとくだりである。たびたびの引用で福田氏にも読者にも申しわけないが――

「私が悪訳の例として随所に引用するであらう諸氏の訳文（その中には私の『オセロー』もはいっている。――木下）は、ただ私の翻訳論に適合しないといふだけの話で、それらの人々の翻訳論からすれば、逆に私の方が悪訳の例として引かるべきものとならう。私は、それを予防線として、あるいは謙遜として言ふのではない。そのとほりに私は自覚してゐるのである」。

*

ところでしかし、シェイクスピアのせりふが持っているエネルギーとはそも何ものか。

ヨーロッパの演劇は、紀元前五・四世紀のギリシア演劇からシェイクスピアの頃まで（つまり日本で歌舞伎が創始されだす頃までは）、ほとんどが野外か、野外に近い建物の中で上演された。シェイクスピア当時の公共劇場《パブリック・シアタ》（貴族の邸内などに設けられた特殊な室内劇場《プライヴェット・シアタ》とは別の一般劇場のことだ）も客席の上は青天井で、舞台装置は無いに近く、メイカップも衣裳も、その役のためにそれらしくするということはほとんどなかったようだし、上演時間も照明のいらない昼間であった。すなわち当時、芝居を「観に行く」とはいわず「聴きに行く」といったことからも分るように、一篇の戯曲の内容を伝えるべく「せりふ」というものが負わされていた比重は、今日からは想像できないほどのものであった。だから劇作家にとって、せりふを書くという行為は、それによって人間の内面からその外に存在する状況をまで描きつくさねばならぬという、今日の劇作家なら必ずしもその総てを持ちあわせていなくていい無意識の意識が強く伴っただろうし、そして俳優にとって、与えられたそのようなせりふを発声と発音の自在な駆使によって自在に表現するという技術（＝デクラメイション）は、日本と違って、ギリシア以来十数世紀の伝統の中でつくりあげられたきた貴重なまた不可欠な遺産であった。その人の飛びぬけた才能ということを別にしていうのだが、シェイクスピアのせりふのエネルギーなるものは、その根源の一つをそこに持っているといっていいだろう。翻訳の場合でもそのことが重く考えられねばと私は思う。

ところが一つ、私にはよく分らないことがそこにある。余談として読んでもらって構わないのだが、例えばいつか私は中国で、中国人による李白か杜甫かの詩の朗誦を聞いて感銘を受けたことがある。それはほとんど純粋に音からくる感銘だったと思うが、しかし考えてみると、唐の時代の発音と現代中国の発音とは違っているはずだ。とすると、唐の詩人が意識して構築したその詩の音と異る音で朗誦しつつ、朗誦者であるその現代の中国人が恐らくみずから感動し、聴いている現代の中国の人々も感動し、異国人である私までもが感銘を与えられたというのはどういうことか。

同じことは日本の『万葉集』なら『万葉集』にもあてはまるのだろうが、シェイクスピアの場合も、全くの例外ではあり得ない。

To be, or not to be : that is the question :
Whether 'tis nobler in the mind to suffer
The slings and arrows of outrageous fortune,

この三行のシェイクスピア当時の発音を、学説に従ってカタカナで写してみると次のようになる。

トゥー　ビー　オル　ノット　トゥ　ビー　ザット　イズ　ゼ　クゥエスティオン
ホェゼル　ティズ　ノーブレル　イン　ゼ　ミーンド　トゥ　スフェル
ゼ　スリングズ　アンド　アローズ　オヴ　ウゥトラージュス　フォルティオン

もう一つ『シーザー』から例をあげると、

It must be by his death : and for my part,

イト　ムスト　ビ　ベイ（ビー）　ヒズ　デース（デス）　アンド　フォル　メイ（ミー）　パルト

『ハムレット』の最初の有名なせりふで、今ならカインドと発音される kind が当時はキーンドと発

音されたであろうから、

A little more than kin, and less than kind.

のkin（キン）と語呂が合ったはずだということや、『マクベス』冒頭の魔女の合唱六行目の行末の、今日はヒースと発音されるheathが当時はヘスだったから、七行目の行末のマクベスという語と脚韻が踏めたはずだということや、または『シーザー』の、ローマとはよくも名づけたものだ、今や空部屋《ルーム》が十分にあるというしゃれも、ローマという地名が当時のルームと発音されていたからこそ成り立ったのだということなどはいずれも有名だが、だがだからといって今日英国の名優諸氏が、kindをキーンドと、heathをヘスと、そしてRomeをルームと発音しているわけでは決してない。そんな些末な点は吹っとばしても、やっぱりシェイクスピアのせりふはすばらしいんだよと、一応いっておくほか仕方がないだろう。

ただ——ますます少々余談になるが——こういうことを考える。

風飄万点正愁人

という杜甫の一句を、今から十二世紀前のある春の日、詩人はどういう発音で口ずさみながら作ったか私など全く知る由もないが、しかし「かぜはばんてんをひるがえしてまさにひとをうれえしむ」

と訓《よ》みくだすことによって、散りしきる花びらの奥にある春愁の情緒を私は十分に感じとることができる。これはどういうことか。あるいは毛沢東の有名な詞「蝶恋花」のうちの二行だが、

席捲江西直搗湘和鄂
国際悲歌歌一曲

これを竹内実氏は、武田泰淳氏との共著である力作『毛沢東　その詩と人生』の中でこう訓んでいる。

江西を席捲して直ちに湖南と湖北をたたく
インターナショナル　一曲を歌えば

この訓みがすぐれていると思うだけにそれだけ私は、それがすぐれているということとは全く別に、いま語っているような思考の文脈の中で奇妙な感想を抱かないわけに行かぬ。これはどういうことか。もっとも中国語と日本語の場合は、例の〝同文〟ということがある。それから長い交流の歴史がある。だから――さらにますます余談になってくるが――一九二七年に刊行された大著にして奇書である『標準漢文法』の著者、松下大三郎氏は、中国の古典は同時に、〝日本文学〟であるというのである。ただしそれの原制作時点とは関係なく、それが日本人によって初めて（もちろん日本訓みによっ

て）読み始められた時代以後においては。なぜかというと中国の古典は、眼で見た感じが〝漢文〟だというだけであって、黙読の際に喚起される語音の心象はあくまで日本語音の心象であり、つまりそれは「その読む人に対して相対的に日本語である」。むろんそれを中国人が読めばその読者に対しては中国語だが、要するに作者が何国人であろうが、「作った人の作る時の心意状態など読む人に対して問題ではな」く、読んだ人の読みかたが、それを日本語であるか中国語であるかにきめる、というのである。そして千年以上もの長い歴史の中で、日本人の「漢文を味ふ能力」は中国人と「殆んど変りはな」く、中国人の「九十九パーセント位には行くかと思はれる」。このようにして日本人が漢文を日本語に同化したというのは世界文化史上驚くべき大事業であり、実は英文などもそうなるべきなのであった、というところまでくると、またもやここで話は分らなくなってくるのだが、大著『標準漢文法』の著者であるこの人には『標準日本文法』という大著もあり、そしてこの二冊は、著者が生涯最も情熱を傾けた事業が実は飛行機を作ることであったという突飛な流説を何となく納得させるような茫洋たる奇書である。おもしろいからちょっとひとこと多すぎる説明をつけ足してさらに著者のいうところを紹介すると、日本人の発明した返り点というのはまことに大したものであって、「読んで意味が分り、観て漢文の趣が分る。実に巧妙なものである」。すなわち（当時としてはむろんまだ無声の）「活動劇」、その洋画を、日本人の名活弁が巧みな声色で説明するとき観客の体験する印象がすなわち「漢文の日本読み」であり、英国の無声映画を英国人の活弁が説明するのは、すなわち漢文を中国人が読む場合だというのである。

さて然らば、シェイクスピアの日本語訳は、いかなる比喩を以てこれを譬うべきか。

丸山先生のこと

荒木精之さんから丸山学先生追悼原稿依頼のはがきを受けとって、私は初めて丸山先生の訃を知った。まさしく仰天であった。丸山先生は、私に初めて英語というものの第一歩を教えて下さったかたである。A、B、Cというものを、文字通り生れて初めて私は丸山先生から教わった。旧制熊本中学校一年二組、一九二八年の春四月、ちょうど四十二年前ということになる。先生のほうも、広島高等師範学校を出られてほやほやの頃であったはずだ。

ロイド眼鏡のそれが語源になったともいわれているかつての喜劇俳優、しかし美男のハロルド・ロイドを、生意気なことに中学一年の私は教壇の丸山先生を眺めながら思い浮べたものだ。事実ロイド眼鏡を先生はかけており、手を腰に、眼の玉だけ天井へ向けて、頬にえくぼを見せながら、This is a dog. を先生は、たんねんに私たちの中にたたきこんでくれた。このあいだも、去年の末から今年にかけてシェイクスピアを訳しながら、細かい文字の専門辞典のページをめくりながら、私は、天井に眼の玉を向けたあの丸山先生の顔をいつの間にか思い浮べていること実にしばしばであった。中学一年の英語の時間なら、誰かが英語を教えてくれたにきまっている。だがその誰かが丸山先生であったということは、私にとって何か決定的なものだったという気持を私は持たないわけに行かない。

それからまた、例えば放課後のサッカーに加わった丸山先生はこれまたこれで、実にさわやかな存在であった。田原坂へテントを持って出かける遠征行においても、実にまことに男性的でさわやかな先生で丸山先生はあった。

中学三年に私がなった頃だったか、丸山先生は再び広島へ行ってしまった。高師の上に新設された文理科大学というのに入学されるためで、そしてその文理科大学での成績がよかったのだろう、卒業するとそこの助手に丸山先生はなってしまい、そうしてその後、これも図抜けて成績がよかったためだろう、文理大の助教授に先生はなってしまうのだが、そのどの時点に当るのかは分らないけれども、次に私が先生とゆっくりお会いすることができたのは数年後、先生が小泉八雲の熊本での事績を調べに帰熊されたとき、私が多少のお手伝いをした一九三三年の夏ということになる。私が旧制第五高等学校一年生の時であった。この時の調査をもとにして先生は、『小泉八雲新考』という充実した本を書かれた。一九三六年、北星堂出版。私は私でそれをもとに五高二年の時、当時「熊本日日新聞」の競争紙であった「九州新聞」に、「小泉八雲先生と五高」十回連載の契機を得た。ジャーナリズムなるものに文章を書いた、私にとってはそれが第一回であった。

だが右の『小泉八雲新考』が先生の初めての仕事ではない。その二年前、一九三四年に先生は、当時の代表的出版社であった春陽堂から、『文学研究法』という本を刊行していられる。今その本のページをひるがえしながらこの原稿を私は書いているのだが、当時の段階として、少なくとも英語と日本語を通して取り入れられ得る限り、あらゆる文学研究法の課題を討ちもらすまいとしていられる先生の、せい一杯に息を切った若々しい息づかいを私はその著書に感じないわけに行かない。そして興味深いのは、最後の第六章「特殊研究」の中に「民俗学的研究」という項が設けられてあることだ。日本では折口信夫を取りあげて、万葉の歌についての（文献学的ではない）民俗学的な折口流の把握の方法を先生がそこで論じていられることだ。

その後の丸山先生には、年数は知らないが非常に長い兵役の期間が来る。一、二度お会いしたことはあったかも知れないが、その間での先生の顔は私の記憶の中にない。あるのは先生のいない広島のお宅に、大学の休みの行きか帰りかに一、二度お寄りした時のことだけである。

そして、実はそれから後も、私はほとんど先生とお会いしていない。私の中に残っているのは、明治八―十年の熊本を扱った『風浪』という私の処女戯曲について、熊本のどの新聞かに先生が暖い批評を書いて下さったことだ。『風浪』を発表した年、つまり一九四七年のことになる。

それにしても、というようなことを私は考える。あの『文学研究法』の多彩な目次。そのどの項目についても、あの頃の若い丸山先生はあふれる可能性を持っていられたはずだ。しかし私の知る限り、戦後の丸山先生は、あの目次の分類によるなら「民俗学的研究」の中に籠ってしまわれた。そしてその中で数々のいい仕事を積み重ねてこられたことに間違いはないが、まったく勝手な私の推測をいえば、一九三四年の『文学研究法』のあの多彩絢爛たる目次の中からただ一項目だけを実人生の中で丸山先生に選ばせてしまったものは、学問と思索とその実践とを先生から奪ってしまったあの長い兵役期間ではなかったか、という気がしてならない。戦地から二度ほど頂いた手紙の記憶によれば、戦地において先生は、まことに誠実な将校であったようだ。学問と思索とその実践とを先生から奪い取りつつある現実に対して、そのことを悔いることなくまじめに先生は相対していられるように見えた。という、以上のような感想を、先生の生前に私は書きたかった。それよりもゆっくりとお話しあいする機会を持ちたかった。それが切実な今の気持である。

〝断ちもの〟の思想

〝断ちもの〟なる習俗は、現代の社会生活のなかにどのくらい生きているのか、いないのかということを時々ふっと考える。私たちのおばあさんあたりが、なにやら古めかしい〝願かけ〟のためにひそかに守り通していたあのいじましい慣行を、今日的思想として今日の日本のなかで、新しくつくりだすことに意味があるのではないかと思うからである。

ある民俗学事典によれば〝断ちもの〟とは、「日常生活に欠くべからざる一定のものを断つことにより、その苦痛を刺激として、心を鍛え、かつ深めることを目的とする」ものであり、それには「火断ち、穀断ち、茶断ち、塩断ち等様々」、それから女断ちや男断ちなどというのもあったはずである。古い宗教的慣習であったこの〝断ちもの〟を、今日的思想として再生産することが無意味でないと私に考えられる理由は、さし当り三つほどあるようだ。

一つは現代が、その上っ面においてにせよ、あまりに豊か過ぎると思えるからだ。テレビと電気洗濯機と電気冷蔵庫という〝三種の神器〟が話題になりだしたのは、一九五〇年代の半ばあたりではなかったか。そしてたぶんそのころ、「お隣も持ってます!」というような広告の文句が、大衆の購買欲をあおっていたという記憶がある。その後〝神器〟はカー、クーラー、カラー・テレビとなり、さらに電子レインジ、セカンド・ハウス、どこまで進歩して来たのか不案内だが、それらのものにとりまかれつつレジャー産業は満開かと見える今日的状況のなかに、せめて〝断ちもの〟を置いて考えてみたらという、これはきわめて常識的かつ倫理的な発想である。

次には現代が、たぶんその本質において貧しいと思えるということだ。不均衡な豊かさの裏に不均衡な貧しさがあるのは当然だが、考えてみれば今日われわれは、多くの正当な欲望をあまりにも不当に制限されつつ暮している。物価高や住宅難などという現象から始まって、公害は今やおびただしい被害者たちに人間なみの健康を、時には生命までをも断念させるに至っている。それらに対する科学的なまた立法的、行政的措置が必要なことはむろんだが、私たち一人一人の考え方としては次のような問題がありはしないか。つまり強要された不当な禁欲を諦めるためにまたは忘れるために（と意識的に考えた結果ではないとしても）、一方で私たちは、あの不均衡な豊かさのなかで、不必要に欲望を発散し充足させつつあるかにさえ見えなくはない。

そこで、その側面でいくつかの〝断ちもの〟をする。そしてその〝断ちもの〟の精神を、正当な欲望に対するあれら不当な抑圧をはね返すエネルギーが生産されるための、いわばバネにするてはないかと、私は考えるわけなのだ。

最後に三番目だが、〝断ちもの〟という言葉からいつもすぐ私が思い浮べるのは、故松本治一郎氏のノー・ネクタイ姿である。私は氏とは外国での国際会議へごいっしょに行ったこともあるが、私の知る限り、いかなる公式の場でも氏は――そのために多少特殊な仕立てをワイシャツの襟に加えていられるようではあったが——ノー・ネクタイであった。私が聞き及んでいるところでは、氏が一生を捧げられた部落解放運動のなかで、あるとき刑事にネクタイをつかんで乱暴されたからというのが、氏のノー・ネクタイの理由である。

私は思うのだが、松本氏はなにも、いつかまた刑事にネクタイをつかまれたら困るというのでネクタイをされなかったのではない。〝ネクタイ断ち〟は松本氏の、不当な権力の弾圧に対する抵抗精神の一つの象徴だったのである。

そこで思い出すのが兆民の子息、中江丑吉のことだ。丑吉氏はその後半生の二十数年を、太平洋戦争勃発の翌年まで北京に送って、一生欝然たる巨大な存在であった。世に知られることをみずから拒んだこの哲人のことを、今世紀に生きた日本人のなかで最も魅力的な人間の一人だと私は思っているが、その点にはいま触れているゆとりがない。戦雲ようやく濃い北京で、ある日、丑吉氏の若い友人のある日本人が丑吉氏に訴えた。自分の勤務校で、朝礼とか軍人勅諭とか国民服とかを強制しだしたのがいやだから自分はなるたけサボっている。——

丑吉氏は、「だから日本のインテリみたいなのは沈痛悲壮になって来るんだ」と一喝して、こういう意味のことをいったそうである。大衆の一人としてこの非常時を生きるためには、二つか三つの必ず断つべきことを心にきめて、あとは普通にやって行かないと弱くなる。もし戦地で捕虜を殺せといわれたら、北京の城壁に東亜新秩序のビラを貼れといわれたら、学校で皇国経済学の講義をしろといわれたらそれは断れ。そしてあとは、朝礼でもお題目でも国民服でもこっちから従ってしまえ。しかしこの「二つか三つ」は一人一人の事情で違う。Aにとって絶対に断つべきことをBはむしろやっていいという場合さえあり得るが、しかし一旦その「二つか三つ」を自分の心にきめた以上、それらは絶対に守られねばならず、それらのゆえに迫害を受けることがあったなら、気持よく迫害を受けるだけの五分の魂を持て。——

松本治一郎氏のノー・ネクタイも、この「二つか三つ」の一つだったのだと私は思う。氏は他人にノー・ネクタイを強いたりは一切されなかったが、参議院副議長としての国家的儀式に立ち会うおりも、頑として守るべきものを守り通されたのであった。

以上触れて来たことの総てを、現代における〝断ちもの〟と考えてよかろうと私は思うのである。捕虜を殺すことが、あの民俗学事典のいう〝日常生活に欠くべからざる一定のもの〟であるわけはないが、戦場という異常な状況のなかで、殺せという命令に従わないことが一種の苦痛でないわけがない。すると〝その苦痛を刺激として心を鍛え、かつ深める〟という事典の定義は、ここでも完全に当てはまることになる。

〝断つ〟ということを消極的に何かに耐えることと考えず、それに積極的な意味を与えたい。断つべき「二つか三つ」を自分なりに持ちそして守ることは、公害汚染が精神にまで行きわたりつつある今日の日本において、小さくはない何ものかであるはずである。

寥廓

寥廓という言葉を覚えたのも、その言葉が好きになったのも、『毛主席詩詞墨迹』のお蔭である。

この薄い本を、去年初秋の北京で、その時にいわば何の気なしに邦貨百五十円で買った。近頃それを開いて見ていると、時間のたつのが分らないほどおもしろい。見ている、というのは、この本が活字本でなく〝墨迹〟だからである。毛主席の書は八世紀の唐僧懐素に（にも）学んだといわれるが、なるほど、湧き流れる雲の姿にヒントを得たといわれる懐素の狂うように奔放な草書を毛主席の書体はすぐ思わせ、しかし時としてそれよりも、もう一つ狂うように奔放である。〝近頃〟おもしろいといったのは、去年帰国してから、この本のことはほとんど忘れていた。秋がたけ、年の初めから書いていた長い戯曲が一向に進まず、倦んで手当り次第の書物を開いて眺めていた一冊にこの本があり、その中の、あの書体で書かれているある一句がふと戯曲のテーマと引っかかった。寥廓という語もそこにあった。

『子午線の祀り』という題をつけて「文藝」の今年七八年新年号に発表したその戯曲と、どういうふうにその一句が引っかかったかに立ち入ることはさし控えて「寥廓」だけに話を限るが、毛主席はこの語を愛していたらしく、既発表三十七首のその詩詞の中で、何度もこれを使っている。そのことは前に、武田泰淳、竹内実、両氏による名著『毛沢東　その詩と人生』で知ってはいた。だがその語が食い入るように私の中へはいって来たのは、やはり〝墨迹〟のお蔭である。

悵寥廓
問　蒼茫大地
誰主沈浮

竹内実の訓みによると、「寥廓たるにむかいて　悵《なげ》き／問う　蒼茫たる大地よ／誰か　沈浮《よのうきしずみ》を主《つかさど》る」

空虚で広い様子、空の上の空、宇宙の広大、それが「寥廓」の字義だそうである。

流血の戦闘現場や政局の困難の唯中にあっても、毛沢東は常に宇宙の一点に眼を放つことを忘れていないというのが、三十七篇の詩詞を通読したあとに残る強い印象の一つだが、「寥廓」の二文字は、そういう姿勢に立つそういう一人の詩人のいい難い感懐を、一語で以てはっきりと私の中に分らせてくれるという気がする。

一九二九年、三十七歳の毛沢東は春から秋へかけて三度福建省へ進撃しそこに根拠地をうちたてるのだが、この戦いの中で詠んだ詞にも、「寥廓江天万里霜」という一句が、それこそ躍り上るような筆跡でしるされている。寥廓タル江天　万里ノ霜。人間の世界の喧噪や浮沈にかかわりなく、星々はその軌道を静かにめぐって行き、四季は次々に四季として過ぎて行く。その天の非情さ。しかしその寥廓たる天の非情を、ただそういうものとして見過すのでなく、有情のものたる人間としてしっかりと見据えようとする。孤独と喧噪。個人と社会。個人を超えてどうしようもなく動いて行く歴史。そしてそういうものの全体を必死になってとらえようとしている一人の人間。——果てしなくがらんとひろがっている空虚な静けさと、百千の声や音が響きあい混りあいつつこちらを引っ包んでくる騒がしさと、その二つのものが同時に耳に伝わってくる感覚を、寥廓の二文字は私に体験させてくれるようだ。

だからどうしたというのだ、と問われても答えようがない。無理にも答えるとすれば、この語が照らし出してくれるそのような世界、それをどう自分の具体的な生きかたとかかわらせて行くかが私なりの問題だ、とでもいっておくより仕方がない。

再び「流される」ということについて

再びといっても、この題の文章を書いたのは既に十五年前だが、最近ふと読み返して、われながらなかなかいいことを言っておるわいと思った。その趣旨を今の文章で簡単に言いなおしてみると、こうである。

時流に流される、ということを、得意に思う人はまずないだろう。時流になど流されない、またはまいと思ってわれわれは日を送っている。だがあとになって、たとえばあの戦争中、（自分ではその積りでなかったのに）時流に流されてしまっていて、だから戦争協力者になってしまっていた、ということに、くり返すが、あとになってわれわれは気づくのである。

あとになってでは手おくれではないか。いや、あとになってそう気がついている現在の自分が、現在の時流に（自分ではその積りでないのに）流されていないという保証は一体どこにあるのか。

極端な一例はヒトラー治下のナチス・ドイツである。ナチスの狂気の支配下にあったあのドイツに、あなたはよく平気で暮らしていられましたね、というアメリカの学者の問いに、ドイツの一人のインテリは、当時をふり返りつつ、おおよそ次のような答えをした（丸山真男『現代政治の思想と行動』）。

アウシュヴィッツのユダヤ人虐殺にしても、最初からいきなりあんな事件が起きていたら、ドイツの民衆は立ち上がってヒトラーに反逆しただろう。だが実際の事の起りは、アウシュヴィッツより十年前の平和な街の、ユダヤ人以外の商店に「ドイツの商店」という札がさりげなく貼られただけだった。それから暫くしてある日、その札が貼られなかった（つまり、考えてみればユダヤ人のものである）商店に、黄色い星のマークが貼られた。それからまた暫くして——というようなことのくり返しの果てに、最後にアウシュヴィッツまで行ったというわけだ。

つまり「人々が見ているものは、ちょうど農夫が自分の畠で作物がのびて行くのを見ているのと同じなのです。ある日気がついて見ると作物は頭より高くなっているのです」——すなわちこのドイツの一インテリは、当時ナチスのもくろんでいたことの「全過程の意味を洞察」するためには、「通常の仕事に追われている市民にとっては、ほとんど望みがたいほど高度の政治的自覚を必要としたということを綿々と語った」というのである。……

以上はむろん、例外的に極端な一つの場合のことだ。だが、昨日とそう変らない今日、今日とそれほど違いもしない明日、その〃それほど違わない〃何百日か何千日かの後のある日、気がついてみたら世の中は全く変っていた、それも回れ右が利かぬように変っていた。そして自分も（その積りでないのに）その流れに流されていた、というのは、こわいことであり、一般にあり得ることである。

元号法制化や有事立法や日米安保やなどなどの問題を考えるとき、いつも一方で私の頭をかすめるのは、「〃それほど違わない〃何百日か何千日」のことだ。

だがわれわれはそんな「高度の政治的自覚」を持っているわけではないし、流されぬためにすがりつく棒ぐいなどがあるわけでもない。とすればせめて、と私は思うのである。

それ以前のことは一応別として、日本が鎖国を解いて世界の中に貧弱な位置を占めた一八六八年から、たった一世紀のあいだに急速に今日の日本にまでふくれ上がって来たその過程の中で、日本が犯して来てしまった罪——大きくは朝鮮の植民地化だとか戦争責任だとかロッキード事件だとか——を、(忘れ去るのでなく)、とり返しのつかない罪として痛恨の念をもって意識する。その意識が、せめてあの棒ぐいの代わりにならないか。

少ないスペースには場違いの大問題へ、私は論議を展開させかけてしまったようである。だが舌っ足らずのこの論議も、本当の論議のためのトバ口ぐらいの役は果しているかと考える。

森有正よ

森有正とのつきあいは、ただただ人間としてのつきあいであった。哲学者や思想家や教師や宗教者や、その他の何やかやで彼があったかどうかは私は知らない。人間としての実在感、人間であることの楽しさ、豊かさ、おもしろさ、おっかなさ、そしてわけの分らなさを、三十二年と八ヵ月のあいだ、彼は私に感じ通しに感じさせてくれて、そしていなくなってしまった。私にとって彼は、底の知れないほどにやさしい人間であった。これだけをいってしまえば、あとはもういうことは何もないという気がする。本当にもう何もないのだ。

森有正についての、時間を切っての追悼文のようなものは一切かんべんして貰った。今こうして、彼と一番関係深かった筑摩書房の雑誌に書こうとしているのだが、これとてもむろん短い日限が切られている。ゆっくりゆっくり書きたいという気持と、一刻も早く書いてしまいたいような思いとが私の中でぶつかりあっている。だが考えてみると、書くことは何もないようなのだ。

三十二年と八ヵ月というのは、去年七五年の十月三日に彼とやった対談を読み返して分った。彼は戦時下の一九四四年二月に本郷の東大ＹＭＣＡ会館に住みこんだといってこうしゃべっている。「そ

戦後文学エッセイ選8　木下順二集（第二回配本）

栞　No.2

わたしの出会った戦後文学者たち（2）

松本昌次

2005年6月

「婦人公論」一九四九年一月号の誌上に、さりげなく掲載された一篇の民話劇が、演劇のみならず、その後の戦後文学・思想運動に、どれだけの衝撃を与えたか、計り知れないものがある。山本安英さんが、以後三七年間に、一、〇三七回舞台で演じた『夕鶴』である。

発表当時、一人の編集者が、『夕鶴』を読んで〝アッ〟と息を呑み、同じような烈しい〝衝撃〟を受けた。一九三七年以来、弘文堂編集部に席を置いていた西谷能雄《にしたによしお》さんである。そしてそのことが、二年後の一九五一年一一月の未來社創業のキッカケとなった。その間の経緯を、西谷さんの記述に従って若干辿ってみよう。*1

編集者になる前の戦争中の学生時代から、西谷さんは、一九四〇年の新築地劇団の国家権力による強制解散に至るまで、足繁く築地小劇場に足を踏み入れていたが、なかでも、山本安英さんの舞台に〝魅了〟されていた。そこで、戦後の一九四八年三月から発刊された弘文堂のアテネ文庫（全紙一枚を折って六四ページになるこの文庫には、わたしもずいぶんお世話になった）で、山本さんの自叙伝『歩いてきた道』を西谷さんは刊行した。しかし、つづいて提出した『夕鶴』のアテネ文庫での企画は、思わぬ障害にぶつかる。京都大学の教授・助教授で構成されていた編集顧問団をはじめ、会社のおえら方や仲間の誰一人、刊行に賛成するものはいなかったのである。いわく、「戯曲は営業的に危険」「木下さんはまだ無名」……。

権威主義、営業優先の出版姿勢（これはいまなお出版界をぬき難く掩っている）に憤激した西谷さんがどんなに苦闘したかは省くが、結局、「もし売れなかったら、一切の経済的責任は君が負え」という条件で、アテネ文庫版『夕鶴』は、一九五〇年一〇月に刊行された。ところが、責任を負うどころか、初版一万部は飛ぶように売れ、二刷・三刷各五千部とつづいたのである。しかし西谷さんが〝啞然〟としたのは、あれだけ反対した面々から、〝一言の挨拶〟もなかったことである。西谷さんの決意は固まった。「『夕鶴』と『歩いてきた道』の二冊の小冊子の紙型を退職金で譲り受け」て、西谷さんは未來社の創業に踏みきったのである。

さて、その頃、わたしはといえば、遥か北の仙台の地にあって、朝鮮戦争下、急速に反動化した時代の只中で、貧しい学生生活を送っていたが、学業などはそこそこに、学生運動のかたわら、次つぎに発表される戦後文学者たちの作品や翻訳ものを読むことに明け暮れていた。そして、やがて出あうことになる西谷さんの人生を賭したアテネ文庫版『夕鶴』を読み、いわゆる小説で出発した戦後作家たちとはいささか趣を異にする木下さんの戯曲に魅かれはじめたのだった。『山脈（やまなみ）』（世界文学社刊）、「世界」一九五一年五、六月号に発表された『蛙昇天』などである。特に後者は、前年におこったシベリアからの引揚げにからんだ〝徳田要請問題〟[*2]で自殺した菅季治氏が題材となっていて、心打たれた。

このようにして、わたしは、少しずつ木下さんの作品世界に近づいていったのだが、幸運にも（?）、翌年就職した夜間高校の講師を〝アカ〟の嫌疑（?）であっさり半年でクビになったがゆえに、やがて、未來社への道が開け、ほとんど同時に、木下さんの『風浪』の舞台に間近に接することになったのである。この間のことについては、「影書房通信」№1、一九九三年一二月号に書いた拙文を再録させて頂く。引用文中の出版社・年号をのぞき、カッコ（ ）内は、前号と同じく再録にあたっての追記である。

＊　＊　＊

木下順二さんの最初の長篇戯曲『風浪』の原型一七二枚は、一九三九（昭和一四）年の「十一月二十日木曜日の午後二時」に書き上げられた。翌日、熊本騎兵第六連隊への現役入営がきまっており、死を覚悟しての完成であった。しかし入営延期や病気などで死をまぬがれた経緯は、『あの過ぎ去った日々』（講談社）にくわしい（本巻収録の「私が決断したとき」にも、その片鱗が書かれている）。それはともかく、戦後、木下さんは『風浪』を改稿して雑誌「人間」一九四七年三月号に発表、さらに手を加え、一九五三年二月、単行本として未來社から刊行した。

その二カ月後の四月、野間宏さんの口ききで、わたしは編集者として未來社に入社したのだった。野間さんに〝未來社のような出版社〟を希望したのは、それまでに、野間さんのエッセイ集『文学の探求』や、木下さんの戯曲『夕鶴』『蛙昇天』、また、スタニスラフスキイなどという、口ごもってすらすらとすぐには発音できないソビエト・ロシアの演劇理論書が、何冊か未來社から刊行されていて、それらを愛読していたからである。特に『夕鶴』には、特別の思いがあった。まだ仙台の大学に在学中の前年二月、友人のT（玉井五一）をさそい、その東京公演を観るためにだけ、往復鈍行の夜汽車で仙台から出てきたことがあったからだ。汽車賃も加えると貧乏学生にしては大枚の観劇料となったが、このことは後年、編集者として木下さんや山本安英さんの仕事にかかわることになるプロローグだったかも知れない。

当時、未來社は、本郷・東大農学部前の〝東京大学学生基督教青年会館〟の一室にあり、階上には、（木下さんの居室や）山本さんたちが主宰していた劇団ぶどうの会の稽古場があった（一九五〇年までは、この会館に、木下さんと一つの空き部屋を置いた隣り同士で、森有正氏が暮らしていた。このへんのことは、本巻に収録した「森有正よ」にくわしい）。そして未來社は、出版活動とともに、ぶどうの会の演劇公演にもパンフレット制作などで協力していたが、わたしが入社して間もなくの九月から一二月にかけて、はじめて『風浪』が、山本安英とぶどうの会によって舞台にのぼったのである。実に初稿から十数年、「青春の記念」として作品に愛着を覚えつつも、「ドラマのとらえ方についての自己批判」から、木下さんはこの時まで上演を許可しなかったのである。すでに、一斉に開花した戦後文学者たちの作品に心ひかれ、編集者になったらそれらを企画・出版したいと願っていたが、一編集者として出発したばかりのわたしにとって、『風浪』は、戦後演劇運動との直接的なはじめてのかかわりだった。時に日本は、朝鮮戦争という〝他国の死〟(朝鮮におけるアメリカの戦争犯罪を告発した井上光晴さんの長篇小説『他国の死』河出書房、一九六八年四月刊より)によって、狡猾にも廃墟から再生しようとする反動の時代に突入していた。

『風浪』五幕は、神風連の乱前後の一八七五~七七(明治八~一〇)年の熊本を舞台に、激動する時代の中でいかに生きるべきか、その方向を模索する青年群像を描いたものである。日本近代の夜明けに真摯に直面すればするほど、主人公の佐山健次の苦悩は深まるばかりである。すでに政府は、〝富国強兵〟にとどまらず、〝大義を四海に布く〟、つまりはアジア諸国侵略の足がかりを固めつつあった。〝変節漢〟とののしられながら、佐山健次は、学校党・敬神党・実学党などのどの党派にも、キリスト教にもあきたらず、思想遍歴を重ね、ついに最後に、西郷隆盛に与《くみ》して西南戦争に身を投ずるのである。

佐山健次は幕切れで決然という――「……俺ァもう、精神ば尽して考えるだけ考えた。議論もしつくした。俺ァもう頭の中だけで考える事《こつ》ァやめにした。人と議論をする事《こつ》もやめにした。俺ァもう逆賊《ぎゃくぞく》でンよか。暴徒て呼ばれてン構わん。とにかく大義ばうち忘れとる今の政府ば倒そうちゅういくさに、俺ァ飛びこんで行く。それから先は……道が開くるか、絶ゆるか、そらァその時の話たい。」

むろん、道は開けない。そのことは以後の歴史が証明している。〝逆賊〟や〝暴徒〟を鎮圧して、日本は、一九四五年の敗戦まで、ひた走りに〝近代〟を走り抜ける。〝大義〟どころか、あらゆる怨嗟の声を〝四海〟にまき散らしながら。佐山健次の苦悩も決断も、それらはいわば空しい挫折でしかない。しかし佐山健次の〝空しい挫折〟への道を示唆することによって、木下さんは、日本の近代に対する痛烈な疑義・批判を提出したのである。木下さんの戯曲『沖縄』(一九六三年)の中で、「どうしてもとり返しのつかないことを、どうしてもとり返すために」という台詞がくり返されるが、この日本の近代は、まさに〝とり返しのつかないこと〟の連続であった。そしてそれはとり返せるか。佐山健次も、たとえ選択を誤ったとしても、〝今の政府〟を倒すことでとり返そうとした一人であった。しかしとり返せない。いや逆にいえば、表むきの日本の近代を否定し、その過程で失われたものをとり返そうとし、結局はとり返せなかった死屍累々の墓標を辿ることにこそ、真の近代があるのではないか。

　すでに戦後八年、敗戦の経験は果たしてどのように生かされ、過去の侵略の歴史をどのようにとり返そうとしているのか、疑問だった。『風浪』の世界が、編集者として出発したばかりのわたしの前に立ちはだかり、強い問いかけを迫ったのである。すぐれた作品との幸運な出会いであった。

＊　＊　＊

　木下さん、山本さんの著書で出発した未來社は、はじめ、演劇書中心の出版社の観を呈した。事実、西谷さんは、社名に「夕鶴書房」「素顔社」「ぶどうの会出版部」などをまじめに考えたという。わたしが入社したのは、創立から一年半ほどだったが、既刊約四〇点のうち、三〇点近くが、〝てすぴす双書〟と銘うたれたページの薄い演劇関係書が中心であった。弘文堂での〝夕鶴事件〟で苦汁を舐め、出版とは何かという基本姿勢をからだに叩きこんだ西谷さんは、わたしが提出する企画に寛容であった。売れるか売れないかより、わたしがその著者に本当に惚れこんでいるかどうかが基準だった。入社翌年から一九五七年にかけて、花田清輝『アヴァンギャルド芸術』『さちゅりこん』、平野謙『政治と文学の間』『組織の中の人間』、杉浦明平『現代日本の作家』、埴谷雄高『濠渠と風車』『鞭と独楽』、本多秋五『転向文学論』等のエッセイ集（評論集）をわたしが企画・刊行できたのも、西谷さんの出版に対する理解の高さにある。そして一九五六年には、木下さんのそれまでのエッセイを編集した『演劇の伝統と民話』『芸術と社会の眼』の二冊にもかかわることができたのである。それらの日々から半世紀ほどを経た今日、ふりかえってみると、「戦後文学エッセイ選」全一三巻を企画・刊行することになった〝原点〟が、かつてのその数年にあるようにわたしには思える。

　未來社三〇年の間に、わたしは単行本は別として、『木下順二作品集』全八巻、『木下順二評論集』全一一巻の編集にもかかわることが出来た。そればかりではない。『山本安英舞台写真集』（一九六〇年九月）刊行の折には、会社には立ち寄ることなく朝から山本さんの家に直行、ほぼ一年にわたって、しばしば木下さんもまじえての編集作業に夜遅くまでかかりっきりになったのである。何ものにもかえがたい貴重な経験だったというほかはない。

＊1　小宮山量平・西谷能雄・布川角左衛門他著『名著の履歴書―80人編集者の回想―』上下二巻（日本エディタースクール出版部、一九七一年一二月刊）上所収。
＊2　当時、日本共産党書記長だった徳田球一氏が、ソ連に対し、シベリアに抑留されていた日本軍兵士たちのなかの〝反動は返すな〟と要請したという証言が、参議院在外同胞引揚特別委員会で問題となり、シベリア現地で通訳にあたっていた菅季治氏が喚問された。菅氏は否定したが、烈しい追及にあって苦悩し、一九五〇年四月六日、中央線に飛びこみ自らの命を絶った。務台理作氏を師と仰いだ哲学徒・菅氏の洋服のポケットには、岩波文庫『ソクラテスの弁明』一冊があった。

れに、学生の部屋でなくて客間に入ったからね。ぼくは最初に木下君に会ったときをはっきり覚えてるよ。客間の入口でゴソゴソしてたら、いちばん奥の扉が開いて、一人の男が出てきて、『ぼく、木下』と、こう言った。ぼくが森だということは知っていたらしいんだ。何だか知らないけど。」──それから一九五〇年に彼がフランスへ行ってしまうまでの六年間を、二人は中に一つの空き部屋をおいた隣り同士として暮らしたわけになる。

この時期というのは、お互いに少しずつ仕事を始めて、といっても彼は既に三八年頃からパスカルやデカルトの翻訳を刊行しており、私のほうは完全に戦後からだが、まあ仕事の上でのお互いの第一期というような時期だったと思う。彼の『ドストエーフスキー覚書』の「あとがき」は〝一九四九年十一月十日　東京・本郷の客舎にて〟となっており、私はその年に『山脈（やまなみ）』と『夕鶴』を書いた。

だから相当内容的な対話もずいぶん交わしていたに違いないのだが、どういうわけだか記憶に残っているのはばかばかしい話ばかりだ。そのばからしさ加減も度を越していて、夜中の三時ごろ（当時は二人とも夜型でよく深夜にドアをノックしあったものだが）私の部屋へはいって来た森有正は、きみ、ついに成功したよ、いいかい、え？　いいかい、といいながら、両方の黒眼をほとんど黒眼が見えなくなるまで寄せてみせて、ここまで眼が寄るというのはあり得ないことだと自慢した。それへ私は耳を動かしてみせて応酬した、というようなことを、ほとんど毎日やりあっていたような気がする。（その後のある日、どこからどう伝わったのか中島健蔵が、森ってのはええれえ奴だ、資本論も読んでるけど眼の玉を両側へ散らせることができるんだ、といったので私は吹きだしたが、この『資本論』

も、その時期に森有正が、加藤周一、野間宏、岡倉士朗、瓜生忠夫、下村正夫、私などと一所に、内田義彦をテューターとして読み始めたのだった。もっともその読書会はあまり長くは続かなかったが。)

なにしろ森有正の部屋は(私の部屋もだが)乱雑の極致をきわめていた。年に一度学生たちを呼んで大掃除を頼むと、ベッドの下の黴がはえて米がコチコチにこびりついているどんぶり鉢などから思わぬお金が出て来たりする。ああ、そのお金、きみにあげますよ、といっているうちにあちこちから金が出て来てずいぶんな額になってしまったことがあったりした。本郷の東大仏文科の教師になって、初めて学生の卒論を読むことになって、その一冊をたちまちなくしてしまったのも決して広くはないその部屋においてである。二人で部屋中ひっくり返してみたが出てこない。彼はすっかりしょげて学校へ行き、当時の主任の鈴木信太郎教授から怒られて帰って来た。数日後に、きみ! あったよ! といって私の部屋に飛びこんで来、本棚の後ろあたりから探し出したその卒論を持って意気揚々と大学へ出かけたが、やがて帰ってくると弱っちゃったよ、といった。鈴木教授に、折角紛失届の手続を取ったところへ持ってくる奴があるかと、また怒られたというのであった。

こういうばか話ばかり書いていたいという気がする。が、それは単に気が紛れるからというだけのことではない。今はもう忘れてしまった〝まじめな〟論議を裏に持つこういうようなつきあいの中で、私がいつの間にか感じてしまっていた森有正の人間、彼の内にあるなにものかが、森有正についての私のいわば原体験なのである。後年彼が次々に書いた十冊近くを——『バビロンの流れのほとりにて』を含むそれらの著作をどういう名前で呼んだらいいのか分らないが、書翰や日記や随想や論考や、つまりは彼の追いつめ追いつめして行った思索の跡づけであるそれら十冊近くを読んでいる時、気がついてみると実にしばしば私はあの原体験とつなげてそれらを読んでおり、そういうふうに読めるのはおれ一人だという気持さえひそかに持つことがあった。つなげて読むというのはこちらの勝手、あるいは読者としての特権なのかも知れぬという気もする。森有正としては、そういうものからある意味で断《き》れることを、重い課題の一つとして背負い続けていたはずだと思う。だが、森有正を考える私――この〝考える〟ということの意味はあとでcreateという語で説明することになると思うが――森有正を考える私にとっての、これをも課題という言葉で呼ばして貰うなら課題は、この〝つなげる〟ということにどうもあるようだ。今の私の力ではその操作を、例えば人に見せる文章の形で表わしてみせるということはほとんど到底できないけれども。

　どんなに素朴に見えることがらでも、一つ一つをその際は取り上げてみなければならないのだろうと思う。例えば（著作だけではない）渡仏後の森有正の人間に、私はしばしば前にはあまり気がつかなかったしぶとさのようなものを感じることがあった。フランス人の生きかたのしんにある（私が彼の言葉から受けた感じを私の言葉でいえば）一種無法な冷酷なリゴリスムのようなもの、それをフランス人についての説明なのだか森有正自身のものとしての話なのだか分らない調子で語るようなとき、ふっと異質な人間に対する畏れのようなものを彼に感じることがあり、するとそのような場合、いつも私が思いだすのは、戦後すぐの頃のあのことであった。淀橋のほうにある自分の土地を、どういうふうにだか知らないが処分することで森有正は毎日出かけて行き、帰ってくると必ず、土地を処分するための諸手続がいかに繁雑であり杓子定規であり毎度のように無駄骨を折らせられるものであるかを怒っていた。が、ある日、豁然としたかのような、今から思えば無邪気な顔で分ったよ、といった。これだけややこしい法律や手続が必要だから、それでやっとぼくたちの権利というのはどうにか守られてるんだね。——なにやら幼稚な一例だといわれそうな気がする。しかしあの時の森有正の表情が、今でも奇妙に私の中に残っていることは確かなのだ。

今年、一九七六年十月十八日夜、私と吉利和は、岩波書店の緑川亨から、彼が九月の末にパリで確かめて来た（もちろん面会はできなかった）森有正の病状についての精細な報告を受けていた。吉利和の専門家としての判断は、私がそれまで推測で考えていたものよりずっと悪かった。報告のあと、私たちは食事をした。その食事時間の中に、パリ時間の十八日午後一時四十五分は含まれていたわけだ。私はもう一つ別な所で打合せがあり、夜中の一時近くに家に帰った。あとで分ったのだが、私が帰る前の、家人は寝てしまっているという時刻に、わが家の電話のベルが二度空しく鳴っていたのであった。森有正の妹の関屋綾子と筑摩書房の岡山猛とからのものであった。

ベッドにはいってまだ眼を閉じない一時過ぎに、岡山猛から二度目の電話がかかって来て、私は初めてことがらを知った。それから、パリを含めてこちらが（たぶんどれだけか取り乱して）かけた電話と、あちこちからかかってくる電話とが二十以上、朝の四時近いあたりまで続いた。パリへすぐ行こうと最初咄嗟に考えていた気持が、その時刻までに行かないということにきまった。私はフランスの事情は知らずフランス語はろくにできず、行ってみても自分だけへの心やりと、形式的友人代表ということとのほかにほとんど意味はないだろう。それよりも日本へ迎え入れる用意に心を尽してやりたいと思った。そして二時間ほどともかくも寝た。

以下、極めて私個人の事情、心情に引きつけた叙述になりそうだが許して頂きたい。十九日は、雑誌「海」の武田泰淳追悼の一文を書くためにとってあった。私は文を行《や》る気力をほとんど失って、しどろもどろの五枚足らずをやっと書いた。

武田泰淳の死を、私は十月五日の午後、読売新聞からの電話で知って驚愕したのだが、そのとき私はちょうど遺言書を書いていた。遺言書といっても特別なことではなく、私には子供がないから遺言がないと人々に迷惑をかけることになるので、十数年前に事務的な気持で書き、その後時々必要に応じて書きなおしているというだけのことである。

ただその遺言書の中に一度だけ森有正の名が出てくる。以下、ますます全く私事のようなことになるが、四年前に熱心なプロテスタントであった母を九十三歳で見送ったとき、私は葬儀も告別式も一切行なわなかった。代りに知人へは手紙を刷って送って、中にこういう意味のことを書いた。母の生前、私と母は、第三者の前でも、死後の儀式はお互いすべてやめようということを何度も気軽に話しあい約束していた。それは私が母を説得したなどということでは全くなく、その都度あまりに自然な合意であり、合意というより二人それぞれの発想をもとにした一致だったと思う。この手紙を受けとられたかたが、おひとりびとりの自然なお気持に添うて、一度だけしばらく故人のことを思って下さるなら、それが故人の最も喜ぶところ、以て霊まったくやすまるというのが私たちの本心である。……

「発想」というところに「その発想の中身をここに長々しくしるすことはさし控えますが（いずれどこかには書くつもりですが）」と書きそえたのを読んだ笹原金次郎が来て、彼が当時いた中央公論社の雑誌にそれを書いてくれといった。あることを済ますまでそれは書かないと私は答えた。そのあることを、現在もまだ私は済ませていないし、従って〝発想の中身〟についてもここで書くことはしない。ただその〝あること〟についてだけは（隠すことでもないけれども決してこちらから吹聴する筋合の話ではないのだが）ここで話さないわけにはいかなくなった。

母の死の翌月、七二年四月一日の昼に、その年になって初めて森有正と会った。「ぼく、いま山ノ上（ホテル）にいるんだ」という、帰国するといつもかけてくる電話を、その二、三日前に貰っていたのだったと思う。上野の伊豆榮に、例によって二十分ほども遅れて現われ、例によって猛烈な食欲で鰻を食った。終ったところで母のことを話した。えっ、といったきり、ずいぶん長いあいだ黙っていて、それから「そうかア」といって、また黙っていた。母は彼が家へくると、いつも森さん森さんといって心から迎えていたものだ。私はあの印刷の手紙を見せた。森有正は、からだをちょっとよじるように、半ば壁のほうを向くようにして読んでいた。読み終って彼は何もいわなかったし、私も何も聞かなかった。

それから、どういうわけだか向島へ行こうということになって、言問団子で団子を食ったりして夕方までを過した。その間に私は、あの〝あること〟について話した。それまでにそれを話したのは、その実現のために必要な法律的知識を教わるべく相談した友人の法律学者Bと、告げておかねばならぬ近親の数人だけであった。

森有正に話したことの（中身ではない）結論だけをいうと、私は母の骨を、日本の法律に敢てさからうことはしない形で、ベナレスでガンジス河に流したい。——彼はこの時も別に意見をいわなかった。（ここでことわらなくてもいいことだが、その後私は、外国旅行者としてそれを行なう具体的方法について、一人だけ文学者Hに相談した。大分たってHから、彼と私の共通の友人である文学者Oが、私がしたいと思っていたのと全く同じことをさりげなくやってしまったと聞いたので、Oに事情を聞いた。私も何とかさりげなくやりたいと思っていたのだ。）

その言問団子の年、最後に会ったとき、森有正はひょいとのように、「来年インドへ行こう。ぼくはパリから行って落ちあおう」といった。

ところがその来年という年の春、私は生れて初めての入院大手術ということになってしまって、退院のとき、向う三年間は病人のつもりでいろといい渡された。

それから満三年たったのが今年の三月である。今年の三月から四月へかけて森有正は日本に来ていた。

三月十二日に内田義彦と、『夕鶴』についての大変すぐれた対談を、〈山本安英の会〉公演パンフレットのためにやってくれた。本当にすばらしい対談だった。

四月十一日に私と対談した。彼の著書に入れるために私とやりたいということで、七〇年から七二年へかけて彼が「思想」に連載した「経験と思想」という論文をめぐってのものであった。日曜日でどうしても場所がないと出版社がいうので、彼とよく行ったことのある湯島の鮨屋魚て津の二階で、どこまでが対談の本文になるかは別として、四時間近く話しあった。終って外へ出て車に乗るとき、唐突のように彼は「七月で日本館の任期が切れたら時間ができるから、そしたらインドへ行こう」といった。その時の握手が最後になった。

七月のある夜、私が山本安英の自宅の稽古場にいた[illegible]そこへ森[illegible]正から電話が来た。「きみんちへかけたら山本さんのとこだっていうから。ぼく、病[illegible]なっちゃったんだよ。」東京かと思ったらパリからだった。発作を起したのが今はすっかり落ち[illegible]たのだという。「和田さん（日本での彼の主治医）は電話でつかまらないのかい?」「北海道にかけ[illegible]どいないんだよ。」――パリで十分な手当を受けているという説明はあったがさし当りどうしよ[illegible]ない。特に用件があるわけではないその電話が切れるとすぐ吉利和を探して、二日ぐらいしてつ[illegible]えた。彼は森有正の主治医の和田武雄医博と一所にきのう（?）までヨーロッパの学会へ行って[illegible]たのだという。また例の軽い発作だろうと私も思っていたし、来月日本へ帰ってくるのなら、その[illegible]にいろいろ考えようということに結局なった。

その電話の声が私にとっての本当に最後だった。[illegible]してあ[illegible]とき病気についてもっと騒いでやらなかったのだろう。どうしてこっちからもパリへ電[illegible]かけて[illegible]らなかったのだろう。彼はただ何ともいえず心細かったのに違いないのだ。

十月五日、武田泰淳の訃報を受けたと[illegible]た遺言書に私は、母の骨をガンジス河へ流したいという思いがまず自分の病気で妨げ[illegible]れ、今ま[illegible]森有正の病気によって気勢をそがれた現在は、自然にそのおりが来ればという気持であるとしるして、そのまま遺言書は十八日まで、森有正の訃を聞いた夜まで机の抽出に入れたなりになっていた。

十九日の朝、何時ごろだったろう、内田義彦から電話がかかって来た。けさの新聞で知ったという。森有正への思いを語る内田義彦の静かな声を聞いているうちに、初めて涙が流れた。

それから武田泰淳追悼の文章をやっと書き上げると、私は急に大変急ぐような気分に追われて遺言書を持って家を出、銀行へ行って金庫に納めた。なにやらほっとしたような思いがした。午後四時半には歯医者の約束がある。銀行を出て無意識のようにタクシーを拾って時計を見るとまだたっぷり一時間あった。交通渋滞をいいことに途中で車をおりて、静かな横町を少し歩いていると、思いがけなくぽっかりと湯島聖堂の門の前に出た。中へはいってみたら、二、三人の見学者がいるだけで閑寂としている。一番奥の大きな堂の裏までぐるりと回ってみた。三組だけ若い二人が、お堂の縁や石段に、いずれもきっちりとからだを寄せて坐っていた。歩きながら森有正のことを思おうとしたけれど、気持が惑乱だか散乱だかしていてどうしても実感が湧いてこない。気がついてみたら、ああ死んだ、死んだと口の中で独り言をいっていた。そしてそのことに気がついたとき、ああ、と思いだした。そうだ、遺言書の森有正のところを書きなおすのを、病気と書いたところを死んだとなおすのをおれは忘れていた。――急に、森有正は私のあのことをどう考えていたのだろうという、森有正の生前にはほとんど気になったことのなかったそのことが気になりだした。だが、歩きながらいくら心の中で引っくり返してみても分りようがなかった。とにかく彼は一度も、ひとこともそのことについての意見をいわなかった。（私も聞きはしなかった。）ただ、インドで会おうということは、確実に、何度も、最後の最後に別れる時にもいってくれた。それは森有正の限りないやさしさだったのだと、惑乱し散乱する気持の中で私は強く感じていた。

九年まえの一九六七年、年の初めの「群像」に書いた文章の一節を、少し長いが最後に引用させてほしい。彼というのはむろん森有正のことだ。読み返してみて、不思議なほどいま現在の私の気持をそのまま表わしているといっていい気がするのである。(『木下順二集』15の「ドラマとの対話」の章に収めてある。)

「……が、それはそれとして、彼がパリへ去って行ってしまった今、彼は遠くへ去って行ってしまったという、前にはあったあの感じが私の中にわいてこない。近くにいるのと同じ、といったのでは言葉のあやになってしまう。要するに、彼は確かに存在しているという、その実在感のようなものが私を安心させるのである。

「と同時に、それと全く同じ質のこととして、あの秋の五十日間、何日おきかでしょっちゅう彼と会っていたその一回ごとに、ああ今おれは彼と会ってる、確かに会ってる、今は、という、一種の切実な思いがいつも私の中に掻きたてられていた。友情、敬愛、このなにものにも代えがたい大切なものは、しかし結局、例えば彼が東京で急病にでもなった時にならば、あるいは時にだけ役立つだろう。入院させてやって、十分に看病してやって、金が足りなくなったら持って行ってやって——だがそんな善業を幾百万遍積み重ねていくらべたべたと仲よくなってみたって、それはどこまで行ってもそれだけのことなのだ。もし私がどうしても彼を私のものにしたいのならば、彼の存在を確実に確実な存在として私の中に感じとりたいならば、そうならば私は——妙ないいかただけれども——私の中に彼をcreateするよりほか、どうにもしようはないだろう。すると——この言葉の意味の分りにくさはそのままにしておくとして——私の中に彼をcreateするというその仕事は、彼の全くあずかり知らないこと、いくら彼の助力を私が求めてみても彼にも誰にもどうに[illegible]と、私が私だけでやりとげるより、それこそどうしようもないことではないか。そもそも私が彼の友人であり得たということは、私がたまたま彼と同じ時代に生きていたという偶然がもたらした結果に過ぎない。この偶然の結果は、それ自体としてはこの上なく大切なことだ。だがそれはそれである。そしてあのことはあのことである。……」

私にとって、限りなくやさしい人できみはあった、森有正よ。

（一九七六年十月二十五日、パリで彼が荼毘に付される日に）

加藤周一氏の文体について

与えられた標題に関してはさし当って二つのことが思い浮ぶが、『日本文学史序説 上』と『羊の歌』に即して考えてみよう。

まず、加藤氏の文章は、しばしば合理的だとか明快だとかいわれるらしいが、私はその意味がよく分らない。例えば『日本文学史序説 上』である。

この本を読んで私の持ったいくつもの感想の中に、この一巻の構想とそれを叙述する文体とが、並ならず見事に整合しているということがあった。考えてみればこのような整合性は、氏の評論諸篇のすべてに通じて多かれ少なかれいえることなのだが、この場合は一冊としての全体の（まだ上巻だけではあっても）整然たる構成があるので、今さらのごとくそのことに気づかされたということなのだろう。

筑摩書房版ではない今度の著作集の『日本文学史序説 上』でいうと、序論のあとに続く六章のうち、三つの奇数章はみな〝の時代〟と題され、三つの偶数章はみな〝転換期〟と題されて、見た眼にも目次は整然としている。

つまり第三章「『源氏物語』と『今昔物語』の時代」と、第五章「能と狂言の時代」の間に挟まる第四章は「再び転換期」と題されていて、古代から中世へと移るこの第四章の時期を転換期と呼ぶのは世の常識である。だが第一章「『万葉集』の時代」と第三章の間に挟まる時期を、また第五章の次にくるところの徳川政権成立前後の一世紀を、ひとしく転換期としてとらえたことは加藤氏の発明であった。すなわち第二章の「最初の転換期」ではほぼ九世紀を扱ってこれを大陸文化の「日本化」の時期として押え、その視点から、言語、政治、経済、思想、美学のそれぞれにとってこの時期がいかに〝転換期〟であったかの論を展開する。第六章「第三の転換期」では、初めての西洋の影響という国際的側面と、武士権力のそれまでの分散傾向に対して新たに起って来た求心的集中的形態（信長―秀吉―家康）という国内的側面の両方から、この時期がやはり〝転換期〟であったことを語って行く。

つまり加藤氏は、独自の発想の上に立ちつつ凡ならざる腕力を振ってこの整然さを構築しているわけなのだ。内面的な論理の一貫性と外面的様式の均斉との統一は、加藤氏が常に激しく自分に課している課題、というより、氏の内部から常に生れている強い欲求だと思うが、そしてその統一はこの一巻で見事に実現されていると思うが、文学史という、恣意を許さない素材を踏まえてのこの仕事において、加藤氏の苦労は、単に明快や合理（それだけでも十分に文学史は書けるはずだ）を意図する論述の場合とはおよそ異質の、ほとんど文学作品を生み出す際に経験するそれと同質に複雑な葛藤であったと私には思われ、だから『日本文学史序説 上』は、文学史であると同時に一種の文学作品たり得ているというのが私の読後感であった。

私は加藤氏の主として文体について語るつもりであったのが、まず主として構想について語ってしまった。しかし構想におけるその独自さの質が、文体の独自さの質にここではほとんど一致すると私には思え、それが最初にいった整合性ということの意味である。すなわち一見学術書であるこの書の文体もまた、文学作品のそれと同質の迫力を持っている。と同時にあの論理の一貫性と様式の均斉との統一をも。別ないいかたをすれば、科学的な文体であると同時に文学的なそれであり得ている。全くアト・ランダムに今あけたページに見かけた三行。「あるいは祖先神として、あるいは祟りの神として、雨の如く、霰の如く、国中に降ってきた神々の多くは、降臨を天孫一本にしぼった『記』・『紀』の体系に組みこまれることで、ほろび、忘れ去られたのであろう。その体系以前を、『風土記』の記述は辛うじて窺わせるのである。」――もちろん長い前後の叙述の中にあるただの三行だが、『記』・『紀』と『風土記』のそれぞれの性格と区別を、これほど簡潔に科学として説明し文学として納得させてくれる文章はあるまいという気がする。そして同種の例は、この一巻の中にいくらでもみつけだすことが可能だろう。

次に、さて、以上いって来たことは、加藤氏の文学的自伝である『羊の歌』の文体が、題名からいえば学術書である『日本文学史序説 上』の文体と、別に異質のものでないのは不思議でないということの証明になるだろうと思う。むろんあちらよりもこちらが〝文学〟であることを意識しての作品であるには違いないけれど。そう、文体の違いがあるとすれば、突然妙な言葉を思いついたが、〝硬派〟と〝軟派〟ぐらいの違いはあるかも知れないけれども、『三題噺』における fiction としての文体の場合などとは話が別で、『日本文学史序説 上』と『羊の歌』の文体は、共に加藤氏の〝地〟のそれなのである。

ただ、当然のこととして、『羊の歌』の文体は一層自由な振幅を持っている。または主観と客観の両方の視点を、一層自由に交錯させている。そしてその交錯のさせかたの中に、加藤氏の文体の特徴はあらわれてくるようだ。ある独特の――何といったらいいか――一種の効果がである。

どのようにいったらその効果をうまく説明できるか、考えあぐねているうちに、効果という文字をいま書きつけたところから、ここでも私は突然妙な言葉を思いだした。Verfremdungseffekt――自己を他者として見ることとの意味を含めて、ブレヒトがある時期好んで使ったこの用語は、いつの頃からか〝異化効果〟というなじまない日本語に置き換えられて来てしまっているが、(そして先日尾崎宏次氏と話していて、このドイツ語には、世阿弥の『花鏡』から〝離見の見〟という言葉を借りて来て当てはめるのが宜しくはないかということにもなったのだが)、『羊の歌』のあの文体は、そういう効果を持っている。すぐれた自叙伝では自分を見つめる筆者の醒めた眼が常に働いている、などというような平凡な意味においてではなく特殊に、である。ただそのことを十分に説明するためには、ここでは許されないほどに多くの引用が必要になってくるのだが。

それにしても――短い引用が却って余計説明を不十分なものにしてしまいかねないにしても――例えば〝私は彼女を愛していた〟という、直接的にして主観的な表現へどれほど詳細な形容を加えるよりも、一応客観的に見える次の表現のほうが遥かに多くの意味を〝異化的に〟伝えていると私は思う。「私は彼女を愛していると思っていた。あるいは、愛していると思うことと、愛していることとは、つまるところ同じことだと思っていた。そして『愛している』という言葉に意味があるとすれば、それは相手のために私が何をすることができるか、そのことの量に応じてだろうと考えていたのである。」――このまさに〝文体〟が私に与えてくれるものは、〝「私は彼女を……と思っていた。あるいは、……と思っていた。」という言いかたを通してでなければ、「私は彼女を愛していた」ということを表現することができない筆者、その筆者の感性、好み、思考様式、ひいては人柄等々〟であり、そして筆者はなにもここで自分の感性や好みや思考様式やひいては人柄等々までを表現しようなどと毛頭思っていないのにここに表現されてしまっているそれら、ということであり、ではそれがなぜそうなったかというと、一応客観的なように見える文体が、それゆえに筆者の主体を却って鮮かに浮き上らせてみせてくれたという〝異化効果〟のお蔭である。

同じように先の引用の後半、「そして『愛している』という……と考えていたのである。」という〝文体〟が私に与えてくれるものは、〝「愛している」という言葉の意味は、相手に何をしてやれるかの量に応じるなどというふうには考えていなかったということを、考えていたという言いかたを通してでなければ表現できない筆者、その筆者の……〟ということである。

こういうふうに考えてくると加藤氏の文体は、しばしば三つの要素を同時に伝えているようである。一つは記述してある額面通りのこと。いま一つはその記述を通して本当にいいたいと思っていること。いま一つは、そのようにして表現されてしまっている筆者、その筆者の感性、好み、思考様式、ひいては人柄等々ということである。

さらに、まじめな自分を他者としてまじめに見るという操作はしばしば乾いた笑いを生む。「日本は漠然として天地創造と共に古く、漠然として『世界一』の国であるはずだった。そういう話をあまりたびたび聞かされたので、私は『日本的なもの』にうんざりし、『西洋的なもの』を理想化するようになった。その頃の私は西洋をみたこともなかったから、西洋を理想化することは容易であった。」――加藤氏の文体にいま一つ特徴的である乾いた笑いの原基形態的一例だが、やはり〝異化〟の産物であるこの種のユーモアは、黙読しているわれわれを、時に本当に声を発して笑い出させるまでの効果を発揮する。

いろいろな意味で『日本文学史序説　上』の文体は、またそれとつながりつつ別種の意味で『羊の歌』の文体も、つまり総じて加藤周一氏の文体が私におもしろいのは、そのようなところからであるようである。

『平家物語』はなぜ劇的か

『平家物語』について、以前大要次のようなことを書いた記憶がある。『平家物語』の魅力がさまざまある中で、私の最も惹かれる点はといえば、比喩的にいうなら、死んで行く人が死んで行く自分を、その状態とさらにはその死の意味までを、どこまでもなまなまと意識し認識して書き通している、というようなところである、と。

今日的な意味での作家といわずとも、一般に人が、大きな歴史の流れを書こうとする場合、彼はどうしたってその——過去であるにせよ現在であるにせよ——歴史の流れを、〝見ている〟という立場で書かざるを得ない。自分自身歴史の中に捲きこまれ、歴史の進展の中で否定し去られてしまったその当人が、その大きな歴史の流れを——隠遁者の感慨としてつぶやくのでなく——正面から受けとめて朗々と語るということは、論理的にあり得ないはずである。

だが『平家物語』はそのことを実現し得ている。すなわち、一つの時代が壮大な終焉を迎えるという時に、その閉じられるという意識をはっきりと持つことは、そちら側に即していえば、諸行無常のペシミズムであるのだけれども、その閉じられる状態とさらにはそのことの意味までをどこまでもなまなまと意識し認識し通すことにおいて、閉じられるものの向うに開けてくる世界の姿が見えてくるというそういう――何と呼んだらいいか――〝思想〟、それが『平家物語』を〝文学〟たらしめていると同時にきわめて劇的なものたらしめているところの、強烈かつ不思議な魅力であると私には思われる。

そして、『保元物語』、『平治物語』という、これまた作者未詳の二つの物語に対しても、『平家物語』にみるこの魅力と同質のそれを、スケールの差はあっても私は感じるのである。

そのような文学がなぜ実現されたかということは、もちろん文学史の問題として深く追求されて来ている(例えば永積安明『軍記物語の世界』)。また一般的には、それらが短くはない時間の中で、一人ではない作者によってたぶん書かれ、複数の琵琶法師によって繰り返し語られてきたという事実によっても説明され得るだろう。

そして、この説明は納得の行くものだし、何の異論があるわけのものでもないのだが、だがそのこととは別に、あるいはそのことを超えて、もう一つの不思議を私は感じないわけにいかない。ことに『保元』、『平治』、そして『平家物語』と並べて問題を考えるとき、単に不思議という以上の、なにやら摂理とでもいったようなことを、私は感じてしまうのである。という意味は、もし当時一人の巨大な作家がいて、自分一人の構想の中でこの三つの物語の構想を立てて、三篇を一人で書き切ってしまったのならこうもあり得たであろうというような連関性が、そうではない事情のもとで、どういうわけかつくり出されてしまっているということに対する私の驚き、それが私に摂理というような言葉を思いつかせるということなのだ。

もちろん、現実に慈円のような人はいた。二歳の時に保元の乱、五歳の時に平治の乱があり、平氏一族の急速な擡頭ぶりを、もうもの心づいたのちに観察することができ、三十歳で壇の浦の平家滅亡を、四十四歳で頼朝の死を、六十四歳で実朝の暗殺を見、六十六歳で承久の乱をながめ、七十歳で歿した慈円のような人はいた。そしてみずからは滅びゆく貴族社会の中枢部にあって、それらの事実を冷静に、死の少し前の時期に彼は『愚管抄』という同時代史として書いた。『愚管抄』を貫いている〈道理〉の理念、それがあるからこそ、単なる事実の羅列ではない、日本に初めての歴史哲学の書だと『愚管抄』はいわれるわけだ。

だが、あれら三つの物語の複数の作者たち一人一人にも全体を通じても、慈円にみられるような一貫した理念が自覚的にあったとは、私には考えられない。

それであるのに、『保元物語』の結末は次の『平治物語』によって受けられるような形で結ばれており、『平治物語』はやがて『平家物語』で受けられるような形に構成されている。それも、そこがおもしろいところだが、意識的に三篇を連関させようと計算したのならもう少しはうまく書けたはずだが、というような具合に、いわばぎこちなく、しかし密接に三者は連関している。例えば、『保元物語』の結びはこうである。「されば共父子兄弟両方に分れ、皇居・仙洞に軍陣を張、王城を戦場とし、宮門に血を流事、先蹤是まれなり。然ば智将各力を尽し、士卒多死破す。逆徒悉退散し、王臣身をあはす。希代不思議の義兵也。」この乱は結局後白河方、つまり天皇側が勝ったのだから、そこで「希代不思議の義兵」といっているのだと、一応読めないことはないけれども、そうとだけ読んだのではまことに納得の行かない結びの一行でこの一行はある。そしてその納得の行かなさの意味を、永積安明氏の次のようなコメントによって、私はわからせてもらうことができた。つまり、『保元物語』はこのように、「いちおうは天下の和平をとりもどしたというめでたい最後によって完結させられてはいるものの、上皇の怨念や都の和平は、西行の鎮魂歌によっても寿祝の結語によっても、解き放なたれず保証されることもなかった。内乱はけっきょく終結せず、再び平治の乱として爆発することが、この舌足らずの結語に予兆されているのである」（角川書店版『保元物語・平治物語』）。いみじくも〝舌足らず〟と形容されているこの結語が、先ほどから私のいっているぎこちなさを、いわば象徴的に説明してくれていると思う。

そしてそれを受けた『平治物語』は、清盛以下平家一門がこれから全盛の世を迎えようとし、一方源氏は死んだ義朝の子、後の頼朝と義経とが、幼い身ながら命助かって残ったというところで、つまり次なる『平家物語』の主要人物たちが揃ったところで閉じられるのである。

直接歴史をしるそうとした歴史書ではなく、事件と人間を描こうとした文学であるこれら三篇が、期せずして歴史の必然の流れを映しだしてしまっているという点での、歴史と文学の不思議な関係を論じようとしながら、私の文章もどうやら少々舌足らずになってしまった。手許の年表を見ると、〝一二二〇年『愚管抄』、『保元物語』、『平治物語』成ル〟とある。

この三つが同じころ完成というのもおもしろいが、もう一つ、〝一二四二年『治承物語』（『平家物語』原作）成ル〟とあって、保元・平治の二つの乱から二篇の物語が成るまでの年数、壇の浦の平家滅亡から『治承物語』が成るまでの年数、いずれも同じに約六十年というのがまたおもしろい。

今日のわれわれの六十年前に何があったかを一方で考えながら、〝歴史と文学の不思議な関係〟をここから論じはじめるための前置きのような文章に、この一文はなってしまったようである。

茨木のり子さん——「が先決」をめぐって

すっとはいって行けてすらすらと書けそうに思っていたものが、幾日たってもどうもはいり口がみつからない。仕方がない、「茨木のり子におけるドラマ的発想について」という、少々もののしい題名のあんまり短くはない文章を以前書いたことがあるのだが、その自分の文章を点検するところから始めるとすると、その書きだしはこうである。考えてみると、私は茨木のり子さんをずいぶん前から知っていたことになります。それはまだ彼女が茨木のり子でなかった頃、彼女の詩もまだ活字になっていなかった時分、しかしたぶん戦争中ではなかったとすれば敗戦の直後、つまり彼女が「一番きれいだったとき」に初めて会ったきっかけは忘れましたが、そのとき私が理解した彼女は、詩人というより戯曲を書こうと志向している女性でありました。私が一人合点で、自分に引きつけてそう理解したのだったかとも思いますが……

この文章を書いたのはもう十五年も前のことだが、最近茨木さんに聞いてみたら、あの頃彼女は、まさにもっぱら、詩ではなく戯曲を書こうとしていたのだそうだ。敗戦後再開されだした新劇の公演を無我夢中で観て歩いた。敗戦翌年、帝劇の『真夏の夜の夢』を観に行ったとき、読売新聞の戯曲募集を知って応募して選外佳作、応募者のうちで女性最年少、選者の一人の土方与志さんが、まだ中野の茶統制組合の二階に間借りをしていた山本安英さんに紹介してくれ、その山本さんが彼女に紹介してくれた木下はそのとき『山脈（やまなみ）』を書いている最中だったといわれてみると、なるほど前後の時間の計算が合うが、それにしても彼女が、それほどもっぱら戯曲を書こうとしていたとは知らなかった。

同じ時の話に、詩を書いてみたら芝居のせりふがうまくなるかと思って詩を書きだしたのが、ミイラ取りがミイラになったような格好になってしまって、ということで、これもへへえと思ったが、あとで彼女の「『櫂』小史」という、これは実に小気味のいい文体の回想記だが、それを読んでいたら、同じことをその中で茨木さんはこう書いている。すなわち一九五〇年くらいから自分は「詩を書こうとしていた。詩を書きたいという欲求もさることながら、言葉を鵜匠のように、自由自在に扱ってみたい、言葉をもっとらくらくと発してみたい、言葉に攫われてもみたいという強い願望があり、そのためには詩を書くことが先決のように直観されたからであった。」

一九五〇年より前の例えば四六年、読売戯曲応募の頃はもっぱら戯曲を書こうと思っていたのだけれども、ということをいってはいないが、このように書いている。「詩を書きたいという欲求もさることながら」、また、「そのためには詩を書くことが先決」と書いている。「さることながら」、「が先決」、気になることばではないか。「さることながら」どうなのか、本当は何のために、「が先決」なのか。

そういうところに、何というか、妙ないいかただけれども、茨木のり子さんの〝原基形態〟みたいなものがあるような気がする。
　いま引いたことばは彼女が十五年ほども前に、そのまた二十年ほども前の自分を思い出して書いたものであり、思い出されたその時点からいえば三十何年たった現在、彼女はまるごと詩人であり、例えばこの『現代の詩人』の一冊にはいるような意味でもまるごとの詩人だけれども、その彼女の中には、はっきりとは見えないけれどもやはり「さることながら」や「が先決」がどうも住んでおり、そこになにやら〝原基形態〟があるような気が、私はする。詩と戯曲、などということを私はいっているのではない。もっと抽象的な、あるいはそれだけ本質的な何だかのために「詩を書くことが先決」だという促迫感みたいなもの、それが彼女を落ちつかなくもさせ、また落ちつかせてもいるのではないかということ。

　以下は寄り道、ということにたぶんなるだろうと思うのだけれど、戯曲ということでなら、その後彼女は何本もの美しいラジオドラマを書いており、その中のあるものは舞台で詠まれてもいる。が、それにしても、と、これは私自身について思うことだが、さっきの「茨木のり子におけるドラマ的発想について」という文章の中で、私は少々見当違いをしゃべっていたのではないか。いや、見当違いというのとも少々違うのだが、私は私流のドラマ論を述べた末に――というのはその中で、かつて茨木さんと『ユリイカ』でやった対談を私は引いていて、茨木さんが私に、……今までに書かれたすぐれた戯曲ってものは、必ず「発見」と「急転」という要素を持つ、というふうに（木下によってある文章の中で）分析されていました。うんぬん。じゃあ「発見」の場合に、否定に行かないで、肯定に行ったらどうなるんですか？　普通の人間の世界は否定で事は済んではしまわないと思うんですけれどね。うんぬん。ドラマの本質として「発見」と「急転」ということは、よくわかるんですけれども、これから書かれる戯曲が、やはりそういう定義にのっとらなければならないというふうには思いたくないんですね。もっと自由なものとして考えたい。

とまあ、茨木さんが噛みついたのに対して、あの文章の中で多少もたもたともう一度ドラマ論を述べた末に私は、「ひとことでいうと、あなたの詩の発想の基本的な部分のどこかに、今の独演会でぼくが舌っ足らずで語った〝ドラマ〟の発想と共通するものをぼくは感じているのです。」といっているのが、見当違いというのとは少々ニュアンスが違うが、なにやら少々違ったような発言であったと、今の私には思えるのである。

そこのところがうまく説明できないのだが、つい先日私は、青土社から新しく出た加藤道夫全集の推薦文に、「彼の中には詩人の魂と劇作家の精神とが住んでいて、二つのものはあるとき渾然と一つになり、ある時せめぎあった。」と書いたのだが、これも見当違いというのとは少々ニュアンスが違うけれども、どうもなにやら少々違うのでは、というような気があとで自分でした。

詩の発想、詩人の魂と、〝ドラマ〟の発想、劇作家の精神とを、必要以上に私が分けて考えているようだという点についてである。

そもそも劇の起りは歌や踊りにあったではないか。ギリシアの劇詩人たちの作品は、自然に劇でありまた詩であったではないか。そして形式でいっても、西欧では十七世紀の半ばまでは、劇のせりふは詩形式で書かれていた。日本だって、日本なりに、それはその二世紀ほどあとまでもそうだった。

茨木さんのいうように、私のいっているいいかたより「もっと自由なものとして考えたい」と私も考えたい。

が、本当に〝自由なものとして〟ドラマ――劇詩――を考えるためには、問題はそれほど簡単ではないはずで、というところから、彼女に向って改めて今の私のドラマ論をしゃべってみたい気がするのだが、それはこの際ますます寄り道ということになるだろうから、差し控えねばなるまい。「が先決」の問題に、今度読み返してみたら、あの私の文章の中であの時も私は触れていないわけではない。ただし、今の私が感じているのよりずっと鈍い、平板な、衝迫感のない感じかた――と、従って表現――においてである。すなわち「彼女が遠いところに一つの目標を置いて、それへ向って休むことなく何とか歩みを続けて行こうとしていることだけは、彼女のほとんどの作品から読みとれる気が私はします。」として、「わたしが一番きれいだったとき」の結び（だから決めた　できれば長生きすることに／年とってから凄く美しい絵を描いた／フランスのルオー爺さんのように／ね）その他を引いたりしているのだが、今の私の感じかたに見合う数行を彼女のその後の作品から引けば、例えば私が甚だ好む詩集『自分の感受性くらい』（一九七七年）でいうと、次のようなことになるだろうか。

泣きたきゃ　泣けよ
意気地なしの勁さを貫くことのほうが
この国では　はるかに難しいんだから
（「夏の声」から）

いまだにとっくり呑みこめてはいない
それはとどのつまりではなく
そもそもの出発点

（「孤独」から）

自分の感受性くらい
自分で守れ
ばかものよ

（「自分の感受性くらい」から）

〝遠いところに一つの目標〟、〝それへ向って休むことなく〟などという平板退屈な私の定義づけとは少々次元の違うなにごとかが、そこにはあるようである。いわば遠いところに確実にあるはずの目標がはっきりしない、ということがはっきりしてくるにつれて、茨木さんの詩はそれだけ泡立つものになって来ているように思うし、さらにそうなって行ってほしいと思う。それが〝確実にある〟ということにさえ私たちが確信を持ち得るならば、それがはっきりしないということは、それだけますます私たちをいらだたせ、刺戟し、鼓舞してくれるはずのことだろうではないか。

なぜ朝鮮語をやるのですか、と、このあいだ茨木さんに聞いてみた。その〝自主講座〟なるものの組織者も彼女だろうと私は推測したいのだが、今でも週に二回、そこでの勉強を彼女は欠かさないらしい。なぜ朝鮮語をやるのですか？

するとそれへの彼女の答えがきわめて常識的なものであったことが、私にはおもしろかった。古代史への関心。隣の国のことばだのに。あの国の現代詩を読みたい。（あの国の詩人は金芝河一人みたいに思っている人が多いみたいだけど。）過去ばかりふり向くのはいけないと思って語学を。やりだしたらおもしろくて気持も立ちなおって。――なぜ朝鮮語をあれほど熱心にやるのだか、一番深いところにある衝迫感が彼女自身にもいい表せないでいるのだと、私は勝手にきめることがこれでできたと思った。

つまり、茨木さんの朝鮮語の勉強も、「が先決」とどこかでかかわりあっているのに違いないと、私はきめこんでいるのである。

去年一九八二年十二月刊、つまり茨木さんの一番新しい詩集『寸志』は、「隣国語の森」という書下し作品でしめくくられている。発表された一番最近の詩ということになるわけだが、題名の通り朝鮮語と、朝鮮語の象徴するものに対する作者の深いやさしい理解と思いにあふれたみごとな詩だが、ただ、曾良の句を借りた最後の一行だけには、私は賛成しない。

この先
どのあたりまで行けるでしょうか
行けるところまで
行き行きて倒れ伏すとも萩の原

何だか茨木さんのペシミズムがナマで出ているようではありませんか。私が思うに、茨木さんにとって〝隣国語の森〟は、奥深くへ行くにつれて、それがますます鬱蒼としてくればくるほど茨木さんをいらだたせ、刺戟し鼓舞して、茨木さんの詩想はそれだけふつふつと泡立つものになるはずだと思うからだ。

そうにきまっているのである。

議論しのこしたこと――ウスマン・サンベーヌ氏

国際交流基金の招聘でさきごろ日本を訪れたセネガルの小説家・映画監督であるウスマン・サンベーヌ氏のことは、このところずいぶん日本に紹介された。そのサンベーヌ氏を日本の数名の作家と学者が囲んで、先日小さな集まりを、それでも二時から夜の九時まで、あとのほうは酒で大分愉快なことになったが持って、この集まりについては参加者の一人の黒井千次氏が「読売新聞」に、「センベーヌ氏の贈りもの」という好もしい文章を書いた。また、彼を最もよく知る少数の日本人の一人である立命館大学の片岡幸彦氏が、「センベーヌ・ウスマンと語る――現代アフリカの生活・思想・文学」という大変行き届いた十九ページにも及ぶセネガルでの会見記を、「民主文学」の四月号に書いている。そして三月末からは、彼の主要作品の一つである映画『エミタイ』が岩波ホールで上映される。――

以上、何をいいたかったかというと、サンベーヌ氏という人のことが何となく〝分った〟というような感じがある。しかし本当は、黒井氏のことばを借りるまでもなく、「たずねてみたいのに確かめられなかったこと、話がうまくかみ合わなかったことなどが、あまりに多く残されている」のであり、そっちのほうに二つ三つ触れておくことに意味がなくはないだろうというわけだ。私の無知をさらけだすだろうことは承知の上でである。

とにかく、アフリカのことについて、本当に自分が無知だと思う。カイロだけなら私は二、三度行ったことがあり、しかしいつか堀田善衛が、カイロへ行ったってアフリカへ行ったことにはならんよとのたもうたけれどもその通り。政府筋も民間の企業や商社の類も、この十年間アフリカとの、むろん大陸最西端のセネガルとさえも、往来交渉、見違えるばかりに繁くなったというけれども、そういうものと並べて一番分りあいにくく、しかし一番分りあわなくてはならないのが文化の——何というか——発想ではあるまいかと思うのだが。

Sembène Ousmane というあなたの名前は一体何語というべきなのですか、と聞くことをまず私は忘れた。一応フランス語として発音されるが、姓名の順序は日本語と同じで、サンベーヌが姓なのだそうだ。

というところから既に混乱が、というか、お互いの通じ合わなさは起っている。こっちが単純に考え過ぎているということになるのだろうが、一例を挙げると、一九六〇年まで彼の祖国セネガルはフランスの植民地だった。だからしてこちらとすれば、わが日本は植民者の側であって、朝鮮や台湾において日本帝国主義はうんぬんと話しだそうとしてもどうも波長が合わない。考えてみれば、朝鮮植民地化の条約化されたのが一九一〇年、そして解放まで三十六年、それに対してフランスのセネガル侵略開始は一四八三年、植民地化の開始が一六二四年、植民地としての期間が三百三十六年間もあって、しかも、というより、だからというべきだろう、現在セネガルの公用語はフランス語であり、サンベーヌ氏もフランス語で小説を書いている。

　セネガル人の八〇％は文盲だということをどこかで読んだが、それはフランス語に対して文盲という意味らしい。たくさんの部族語があるようだが、中でウォロフ語というのが八〇％のセネガル人に通用すると聞いた。

　そのウォロフ語で作品を書こうとはあなたはしないのですかという質問をも、ハイ・テクノロジー社会と伝統というテーマが出たとき私はしそびれたが、そこで思いだされるのは、日本でももうわりと知られているあのエピソード、サンベーヌ氏が処女作『黒人沖仲仕』（一九五六年）をフランス語で書いて自費出版したとき、〝文盲〟である彼の母はその本のページを指でなぞって喜んだ。それと一九六〇年――あの一気に十七ヵ国が植民地支配を脱した〝アフリカの年〟だ――にアフリカのあちこちを旅行したサンベーヌ氏が、アフリカの民衆のほとんどは〝アフリカ文学〟の存在さえ知らないという事実に大きなショックを受けた、ということを、私は片岡氏の別の文章から学んだと思うが、そこで彼は飛んでモスクワのゴーリキー映画学校へ一九六一―二年留学し、文字が読めない人にも理解できる映画というものの、すぐれた監督にもなるのである。

　民族語で作品を書く、という問題は、ここでは問題にならないのだというふうに受けとれたが、はっきりと質問する機を私は逃した。民族語と部族語、という定義の問題もいろいろとあるのだろうが。

　このことに私がこだわる理由はいくつかあるが、アフリカに即していえば、ちょうどサンベーヌ氏がモスクワの映画学校にいたその一九六二年に私はカイロで、〝アジア・アフリカ作家会議〟の第二回大会に出席した。ソ連代表が、作家会議という以上、最低二冊の著書を持つ者をメンバーにしようではないかと提案したのへ、アフリカの、国は忘れたがある代表が猛烈な勢いで、アフリカ人でちゃんとした著書があるのはロンドンかパリの出版社と結んでいる西欧派のブルジョワだけだ。今のわれわれの問題は、どうやって印刷所の土地を、印刷用のインクを手に入れるかなのだ、と叫んだ印象が強く残っているからである。サンベーヌ氏がそこでいわれた西欧派の真反対であることは間違いないだろう。

ことばの問題としてはサンベーヌ氏は、自作のフランス語の小説をフランス語で劇化し、それをウォロフ語に訳して両方を――確か隔日にといったと思うが――上演するケースを語ったが、間のとりかたや仕草が一々違うという当然の話を聞きながら私は、ここでも複雑な思いにとらわれていた。形は一応日本でいう翻訳劇に対応するが、この翻訳劇の原作者であり脚色者であると共に翻訳者であり演出者であり、一方映画監督でありそして小説家であるサンベーヌ氏の問題の全部が〝ことば〟に発している。

日本でも、一人の才能が小説も画も映画もつくるというようなケースがあるわけだが、それはたぶん〝才能〟という一語で説明され得る現象だろう。それに対してサンベーヌ氏の場合は、結果は似ていても、もとの所の事情は全く違っている。国の歴史にかかわっているそこのところまで降りて行って話しあうところから、議論は初めて成り立ってくるのだろうと考える。

複式夢幻能をめぐって

日本文化の archetype(s) を考える、というのが与えられたテーマのようですが、これは大変に魅力的であると同時にとらえどころのないテーマで、第一 archetype を何と訳したらいいか。ユングなどは特別な意味で使っているらしいけれど、ぼくは一応、潜在している原型ぐらいに考えてみると、そういう問題は説経節にはらまれているかも知れないという気がします。説経節、説経浄瑠璃というのは、一六世紀室町期の後半から江戸初期にかけて行われた一種猥雑な、作者も分らない語り物で、『山椒太夫』『俊徳丸』『小栗判官』などの演目があって、それを語るのが賤民、遊行の人ということなのですね。この語り手が遊行の者、つまり定着していない人たちで、それが語る内容を、例えばある学者は禁忌、タブーとか、タブーの論理、遁走と解放、それから祭りの両義性、贖罪だとか懺悔だとかそういう問題とからめて論じているので、実は最初はそれについてお話ししようかと思ったのですけれども、ぼく自身がどうも説経節のそういう内側をよく理解していると思えないので、きょうは能楽を材料にしてお話しします。ただ、関心を持たれるかたは説経を考えてごらんになるとおもしろいだろうと思って、最初にひとこと触れておくわけです。

(1)

まず、二篇の謡曲についてお話しします。この中にまだ能を全く見たことがないかたもあるでしょうが、全く見たことがない方にどういうふうに説明したらいいのかわかりませんけれども、『井筒』というのと『実盛』という、二つの曲について考えてみることにします。

ぼくが『井筒』という曲に引っかかりだしたのはもうずいぶん前からですけれど、なんでそうなったかというと、新劇でリアリズム演劇ということをよく言いますが、ではそのリアリズムの基礎となるリアリティというのは一体何であろうかということとからめて引っかかりだしたように思います。リアリズム演劇と今いったけれど、もっと広く、そもそもドラマというものはリアリティがなければ存在しない、リアリティがないとドラマというものはほとんど無力であるだろうと考えます。どんな古いものを扱っていても現代の素材を扱っていても、一番基本にはリアリティということがあるだろう。そしてそのリアリティというのは現実が孕んでいる実際のリアリティとは違った質のものでなければならない。ドラマのリアリティは、もし本当のドラマのリアリティというものが生み出されたならば、そのリアリティの前で現実のリアリティ、ふつうはいかにもこれがリアルだと思って見ていたリアリティが自然主義的写実主義に見えてしまうという、そういうリアリティ、そういうものがドラマのリアリティであるだろうと思うのですが、われわれの仕事の中でそれがなかなかうまく行かない。つまり芸術が創り出すリアリティというものは何だろうということですが、ところが実は、お能という不思議な芸術が、ある面でそれを見事に創り出しているのではないかということをまず入口としてお話ししてみたいと思います。

その前に、ソヴィエトにレーニンを主人公にした戯曲で、有名な三部作があります。『クレムリンの時計台』とそれから何でしたっけね。その中の一つを日本で数年前に演った。ぼくは見なかったのですが、滝沢修さんがレーニンを演じた。あの人は頭の格好から顔までがレーニンに似てますね。それで非常にレーニンらしく見えたというので評判になった。しかしこれはリアリティではないのですね。ソヴィエトではぼくもこのレーニンの芝居を見ましたけれども、俳優は何とかレーニンに似せてつくるわけです。レーニンを演じるのだからレーニンに似てなきゃ困るんだけれども、しかし似ているということはちっともリアリティではない。これは俳優の悪口をいってるんじゃありませんよ。リアリティとは何かという問題、つまり似ているというだけだと自然主義的写実主義ということになりますね。もう一つ、これも数年前の話ですけれどベルリンでフォルクスビューネとシラー・テアタという二つの劇場で、ホーホフートの『ディー・ゾルダーテン』(『兵士たち』)という芝居を演った。これはぼくが見たわけじゃなくて尾崎宏次君から聞いた話ですけれども、二つの劇場で同時に相当のヴェテランが同じ戯曲を演ったのです。するとその中に例えばチャーチルが出てくるんですけれど、片方の劇場ではまさにチャーチルのメイカップをしてすべてチャーチルらしく、他の登場人物たちも、そのモデルである実在の人々らしく演ったそうです。ところが、もう一つの劇場ではそういう意味でのメイカップをしていなかったというのですね。そして舞台の袖から出て来てある壁を通り過ぎる。架空の見えない壁、そこにただ仮定されてある壁、そこを通って部屋の中に入ると、そこから猛烈な演技をやる。そこでチャーチルを演り、ほかにも実在の人物が幾人か出て来ますけれどもそれを演る。

ただし、似せることはちっともしないで。この二つのケースは非常に示唆的です。どっちがよかったか、実物に似せた方がよかったか、まったく実物と関係なしのいわばメイカップしないものがよかったか、ということではない。芝居というのは、レーニンとか、実在した人物が出てきて、それに似ているかどうかということがリアリティを保証はしない。しかもおもしろいことに、考えてみると普通の芝居は、その書き手が発明した架空の人物が出てくるわけですね。けれどもその人がまさにそこに居るという感じを創り出しうるかどうかということが問題なのです。たまたまレーニンだチャーチルだというから本物に似ている似ていないという問題が起こるけれども、実在していない人物が登場するのが一般に芝居というもので、しかし舞台上のその人物が、それがまさにそこにいるという感覚を創り出しうるかどうか。そういうリアリティというものを、チャーチルの顔をしていようといまいとそこにつくりだす。実在しない人物だけれどもその人がまさにそこにいるという感覚を与える。そのことができるかどうかということが、演劇におけるリアリティということですね。そういう問題を新劇ではいわゆるリアリズムの問題として追究してきたのだがなかなかうまくいかない。いろいろな試行錯誤をやって来てなお、なかなかうまくいかないのですけれども、その問題をお能というものがある程度説得的に、少くともぼくにはわからしてくれるということがある。そういう意味でリアリティと結びつけてお能というのがどういう印象を与えるかという問題を『井筒』、それから『実盛』という作品で考えてみたいと思うのです。

この『井筒』というのは、それから『実盛』も、世阿弥の作とされているものです。そして『井筒』も『実盛』も複式夢幻能という形なのです。この夢幻ということばがたいへん問題で、そのことについては後でお話ししますけれども、まず夢幻能という語を『広辞苑』で引いてみると、「旅人や僧が、夢まぼろしのうちに故人の霊や神・鬼・物の精などの姿に接し、その懐旧談を聞き舞などを見るという筋立ての能」となっているのですが、これだけでは問題の本質は分らない。

そこで、この『井筒』というのは夢幻能、それも複式夢幻能という形なのですが、この〝複式〟という意味を、筋をお話ししながら説明して行きましょう。（以下本文のルビは不思議な文字遣いですが、これは日本古典文学大系本のままです。）

まず、奈良の在原寺という寺に、ある旅の坊さんが参って、これから初瀬の長谷寺へ行こうとする。諸国一見の僧、あっちこっちを見て廻っている遊行の僧が、在原寺というのを訪れる。これは『伊勢物語』の中から材料を取ったものですが、ここはむかし在原業平が、紀有常《きのありつね》の娘と夫婦になって住んでいた所である。ところが業平というのはプレイボーイですから、河内の高安の里に女をつくって、そこへ通うわけですね。そうするとその紀有常の娘である貞淑な女、つまり業平の妻は、嫉妬するどころか、女の所へ通う夫の身を案じて有名な歌を詠むわけです。「風ふけば沖つ白波立田山夜半にや君が一人行くらん」、無事に行ってくれればいいがなあといって心配する歌を詠む。そういう妻と業平の二人が住んでいた跡だというので、諸国一見の僧がそこを訪れるわけです。そうすると複式夢幻能の複式というのは二場という意味ですが、その前場《まえば》ではすさまじいほど寂しい秋の真夜中でだんだん夜が更けて行く。「草茫々として露深々たる古寺の庭」といっていますけれども、そこに古い井戸がある。そこになまめいた一人の女が出てくる。これがシテで、シテというのは主人公ということですが、坊さんはワキという役柄で、その坊さんが座っているとその里の女が出てくる。それがいつの間にか静かに井戸の水を汲んで、傍らの古塚に手向けている。そこで旅僧がちょっと好奇心を起こして質問を始める。すると初め女はただ、昔ここに業平という人がいた。わたしはその人の塚に花や水を手向けているだけだと言う。業平の由縁《ゆかり》の者かと聞かれても別にそうではないと答える。業平というのはこの時点から言って二百年前の人ですが、ただ何か懐旧の情に耐えない姿で水や花を手向けているわけですね。しかし今の「風吹けば沖つ白波」という歌の謂れを向こうから語ったりするので、僧侶とすると一層好奇心が起きてくるわけです。そこでだんだん回想が過去に遡っていって、少女の頃に隣のうちの少年とうちの門の前にある井筒、井筒というのは井戸のことですが、その水に互いに顔を映し合ったりという淡い恋の思い出があって、やがてその恋を意識するようになったというような話を三人称だか一人称だかわからない語り方でその里の女が語るわけです。何か押えても押え切れないものが彼女の中にあるらしい。そしてそれを次第に露《あら》わに見せてくるようでもある。坊さんはそれを見ていて何かこれは、この女は紀有常の娘、つまり業平の妻ではないかという気がしてくるのです。それは二百年前の人なんだけれども何かそういう気がしてくる。それであなた名のってください、一体誰ですかと聞くと、そこから先がお能のわかったようなわからないような不思議な表現なのですけれども、「まことに我は恋ひ衣、紀有常が娘とも、いさ白波の竜田山、夜半に紛れて来たりたり」という。どうもなんか妖しいと思ってまた坊さんがそれを問いつめて、「不思議やさては竜田山、色にぞ出づるもみぢ葉の」と言うと女が「紀有常が娘とも」、坊さんが「または井筒の女とも」、すると女が「恥づかしながら我なり」と言って物蔭に入ってしまう。つまり何か好奇心を起こしているうちにだんだん二百年前の女であるらしい感じがしてきて、そのことを追及して追いつめたところで女は隠れてしまう。それで坊さんは非常に不思議な気分になりつつ、「更け行くや、在原寺の夜の月」と自分で謡うのです。「在原寺の夜の月、昔を返す衣手に、夢待ちそえて借枕、苔の筵に臥しにけり」――自分が寝ることを三人称の様に「臥しにけり」と描写する。そしてそこで衣を敷いて真夜中に坊さんが寝てしまうところで前場が終る。〝複式〟の前半ですね。そして後場《のちば》になる。

この後場というのは非常に短いのです。短いだけにこの後場の説明は大変難しい。少ない字数で非常に広い拡がりを内容として持っています。前場が終って物蔭に入ったシテ、主人公が、その同じ役者が、しかし別の、大抵はこの世のものならぬキャラクターとして後場に登場して来るというのが複式夢幻能の意味なのですが、この『井筒』の後場では、同じ人物が今度は紀有常の娘の霊として登場する。だから後場ではこの女は過去を語るのではなくて、現在形で二百年前のことを語るんです。現在形で今自分の中に溢れている思いを語るわけですけれども、それは充たされない恋にほとんど狂いそうになりながら男を待ち続けていた女の非常に激しい恋慕の情ですね。業平というプレイボーイをいつまでも待って待って待っていたわけですけれども、そういう気持を純粋に語る。つまり謡う。だからこの女は「人待つ女」という名前を付けられた。そのことを、前場《まえば》のあいう恥じらいをかなぐり捨ててしまって正面から語り始める。自分の男がよその女の所へ通う身を案じて「風吹けば」という歌をそっと詠んだという恥じらいを持った姿を捨ててしまって、「われ筒井筒の昔より、真弓槻弓《つきゆみ》年を経て、今は亡き世に業平の、形見の直衣《のうし》身に触れて、恥づかしや、昔男に移り舞、雪を廻らす花の袖」。――二百年前の女の霊なんだけれども、二百年前を現在形として語ってそれが同時に二百年前の女として登場していて二百年後の今でも待ち続けているという非常に不思議な、つまり二百年という時間がいっぺんに飛んでしまうようなそういう純粋な思いを語るわけですね。だから非常に長い時間が一瞬の中に凝縮されてしまう。そして女はその執念の余り、自分の身に業平の形見の冠をかぶり、業平の形見の直衣という着物を着るのです。そして業平が自分に乗り移ってしまったかと思える姿を井筒の水に映してみる。幼い頃井筒と背比《せいくら》べした自分、その丈もあなたと会わないでいるうちにこんなに高くなってしまった、つまり女になったということですね。そういう昔を思い出として語るのでなくて現在形で語る。そう言って自分の顔をいま井筒の水に映してみると、自分はもう十分に老けてしまっているわけですね。だから、老いてしまっている自分の水に映った顔を打ち消すように、今度はその業平自身になって冠をかぶって直衣を着た自分の姿を映して、水に映る業平の姿を感じ取ろうとして、それを瞬間感じる。業平がそこにいるという感じを持つが、それを感じた瞬間にはしかしもう夜が明けてきてしまって寺の鐘もほのぼのと鳴って、「夢は破れ明けにけり」と言う。それでさっと終わってしまうのです。お能を見たことがない方には、こういう説明をしても何のことだか大変わかりにくいでしょうけれども。

つまり、説明しますと、この『井筒』というのは複式夢幻能の一つの典型と考えていい。さっき言ったように夢幻能というのは、辞書によると、「旅人や僧が、夢まぼろしのうちに故人の霊や神・鬼・物の精などの姿に接し、その懐旧談を聞き舞などを見るという筋立ての能」ということになっている。それに間違いはないのですけれども、しかし本当の意味では次のようなことだろうと思うのです。

まず、このワキの僧ですけれども、能にシテとワキが必ずあって、主人公であるシテとそれを見ているワキの役がある。このワキというものの定義は野上豊一郎さんが一九二三年に下した有名なものがあるのですが、「ワキは私達見物人の代表者として舞台に出てゐるのである。さう見るよりほかに彼の登場の仕方に対する解釈を私は知らない。」と野上さんは言っている。それから半世紀たつ間にいろいろな論議があったようで、ぼくは詳しいことは知りませんけれども、ぼくに言わせると、ワキというのは野上さんの言われたような単なる見物人の代表者ではないだろう。どういう意味かというと、能を見られるとわかりますけれども、ワキというのが最初出てきてそれからシテが出てきて少し問答があって、後はワキはただもうじいっと、何もしないで横に座っていることが多いのです。しかし、だからといって見物人の代表者、我々と同じ中の一人であるとは言えないだろうと思うのは、見所《けんじょ》——客席のことを能ではこういいますが——にいるわれわれと違って、ワキにとっては、シテが演じていることはリアルなんです。今、非常にわかりにくい言い方で説明したこと、紀有常の娘が、二百年前のことを現在形で語りながら、二百年という時間を一瞬に凝縮したような不思議な形でしかし本当に自分の情念を語っているわけでしょう。それは見所のわれわれにとっては、直接にリアルなことじゃない。ところが、そこに座っているワキ、この場合は諸国一見の僧であるこのワキにとってはまさにリアルなんですね。そう思っているワキと、それからシテとを、見所にいるわれわれは、ひっくるめて見ているわけでしょう。つまり、いま舞台で行われていること、それは見所にいるわれわれにはいかにも非現実的なのだけれども、しかしその非現実を、非常に純粋に凝縮された一つの情念というものを大変リアルだと思って見ているワキを、我々はまた見ているわけですね。そこで初めて我々にとってこのシテの演ることがリアルに映ってくるわけです。すぐれたお能で『井筒』を見ると、ことばでは説明がつかない二百年前と現在とが一所になったというそういう不思議なものを、すぐれた演者が演じるのを見ていると、それが我々にとってリアルに見えてくる。それはしかし、このワキというものがいなかったらリアルに見えてはこないと思うのです。これを本当にリアルだと信じているワキがそこに座っている。それをも我々の視野の中に収めているからリアルになるのだろう。

野上さんはまたこうも言っていられます。たとえば『田村』というお能で、ワキというのはシテが言う通り「指ざされるままに景色を眺めたり、物語に耳傾けたりするのみで、自分から働きかける何物をも持つてゐない。」更に後ジテがいくさの姿で現れていくさの話を物語る段になると、もうそのワキの旅僧は今やまったく舞台に用事のない人で、「殆んど木偶の如く柱の蔭に坐つて一言半句をも発しない。」と言っていられる。けれども、もしそのワキを取っ払ってしまってワキがいなかったとすると、我々にとってその舞台で演じられていることは全く荒唐無稽なただ美しい舞であるか、あるいは非常に退屈な所作であるかということにしかなってこない。だからワキというのはわれわれ観客の直接の代表者ではなくて、舞台の上にいる一人の見物人である。同時にわれわれと同じにシテを見物しているという点では共通しているが、しかしわれわれの単なる代表ではない。そこで、舞台の上の荒唐無稽と言えるものを本当にリアルだと思って見ているワキの実在性が非常に確かだと我々に思われる時に、ワキがリアルだと感じていることは我々にもリアルに感じられてくると思うのですね。つまらないお能を見ていると、ワキというのは少し受け答えするだけで後はただ座っていてさぞ退屈であろうという感じをこっちが持ってしまう。漱石のお師匠さんであった宝生新というワキの名人の話などを聞いてみると、やっぱり非常に気力を籠めて、今シテの行なっていることをいかにリアルに自分が感じ取るかということに精神を集中させているのですね。そういうものを通して、我々に今シテの舞っていることがリアルだと伝わってくるのだろう。ワキというのは家柄としてワキだけを演る家柄があるのです。シテだけを演る家柄がある。そこでワキの息子に生まれた人は何だか気の毒だという気がするのですけれども、しかし実はそうではなくて、本当のワキというのは実在性を保証する非常に重要な役なのです。能というものの実在性を保証する。

そこでこの複式夢幻能で『井筒』を考えてみると、前場の旅僧というのは普通のこととして里の女を見ているわけです。里の女が水を手向け、花を手向けているところでは、シテはワキと同じ次元です。ちょうど新劇で、我々の生きている時代と同じ時代の舞台の上に俳優が上がっているのを見ているのと同じわけでしょう。見物のほうも、前場ではそういうふうに見ているわけですね。ただこの里の女のちょっと異様な行動とことばがだんだん旅僧の理性と感覚を刺激してきて、旅僧の質問の密度がだんだん高まって行く。最後にその里の女が自分はまごうかたなき紀有常の娘であると一言告白してしまうところまで追いつめる。そこで彼女は消えてしまう。そこまではリアリズムでも説明できるのですね。

そこで、ああそうかと旅僧が思った瞬間にはもうその里の女は消えてしまっていて、茫然とそこに取り残された旅僧はしようがないと言って衣を敷いて寝る、といっても実際には座るわけですが、そのようにして旅僧が寝て見た夢が後場であると解釈できないわけではない。夢幻能ということばが出てきた理由の中にはそういうこともあるでしょう。いろいろな複式夢幻能で必ず旅僧か誰か、ワキが出てきてそれがだまって後場を見ているわけですけれども、その後場は彼が見た夢であるとして、前場はリアリズムの芝居と考えてもいいのです。普通の旅僧が在原寺へ行った。そこへ女が出てきた。問答を交わした。最後に不思議なことを言って消えたということを除けば後はリアルに考えられ、そこで寝た旅僧が見た夢が後場であると思ってしまえばそれっきりなので、それが普通の解釈なのです。

けれども、そうではないだろう。そうではなくて、この旅僧が後場で見たものこそがリアリティというものではないかというのがぼくの考えなのです。つまりその後場で見たリアリティの前に、現実のリアリティを置いてしまうと——つまり、前場において旅僧が、自分と同じ次元のものとして見た里の女というリアリティを、後場の、ありえないことが本当にリアルに感じられたというリアリティの前に置くと、いつもは動かし難く見えていた前場の現実的リアリティがすべて自然主義的写実主義の、ただそういうものに見えてしまう。そういうリアリティを、複式夢幻能の後場というものは創り出しています。

現実にそこに本物がいると思えるかどうか。本物といっても本当の実際の人がそこにいるというのではない。舞台の上でレーニンを演るにしても本当のレーニンが出てくるはずがない、役者が化けたレーニンであるに過ぎないわけだけれどもそれが本当にレーニンだと思われるかどうか。架空の登場人物であっても花子さん、本当にそれが花子さんであると信じられるかどうかということは、前場の単なるリアリズムでは出てこない。後場のそういう不思議なリアリティによって現出される。だからこの『井筒』の後ジテは何を演じていると言ったらよいかというと、里の女が紀有常の娘を演じているというようなものではない。もうそこに二百年前の紀有常の娘自身が出て来る。けれども数百年前のそんな女がそこに出て来るわけがない。しかしそれがそこにいるという、だから実在するというより、実存するということばを使った方がいいかもしれません。

(2)

以上、こういう説明は大変わかりにくいでしょうけれども、次にもう一つ、今日ゼロックスを取っておいていただいた『実盛』というので、これも複式夢幻能ですけれども、この例でお話ししてみると今のことが少しわかっていただけるかもしれないという気がします。問題を今度はことばという面から考えてみます。

この複式夢幻能の『実盛』というのはどういうお能であるかというと、ここでもワキとシテが出て来て、このワキもやっぱり遊行の僧です。

ところがこの『実盛』というのにはちょっと仕掛けがありまして、この僧は一遍上人の系統を受け継いだ大変えらい坊さんだということになっているのだが、これが毎日お説教をしている。すると、昼のある時刻になると、このワキの上人が独り言を言っているという噂が立つのです。それはどういうことかというと、実はシテの実盛、これも二百年前の人というわけなのだけれども、その実盛の霊が出てきてこの坊さんにだけ見える。そこで問答するものだから、実盛の霊は他の人に見えないから上人が独り言を言っているように見えるという設定があるのです。

ところでお能で非常におもしろいと思うのは、一人の謡い手が謡ったり語ったりしているその主体が自在に移り変わることですね。別なことばで言うと、能楽師というのは時に自分の役である、実盛なら実盛の役である、あるいは『井筒』の主人公の役である。しかし時には状況を語ったり、時には運命そのものであったり、時には別な役でもあり、時には自然そのものであったり、あるいはすべてのものであったりするわけなのです。それで、それを今ことばの面から『実盛』で考えてみたいと思うわけですが、とにかく能楽師というのは、舞台の上の何者かから何者かへ常に移り変わりながら、しかもそのどの一つにも没入してしまうことがなくて、そのようにして物語の中の一人の主人公の心理や性格を超えて世界全体を同時に描く、自在に描くということが可能な存在である。

『子午線の祀り』という芝居をつくる時に一つ考えたことは、群読の中に例えば平知盛がいて、自分のことを「新中納言知盛の卿は」と客観的に言うんですね。それでそれがいつのまにか知盛自身のことばになってくるという構造を考えたのも、一つはこの能の構造から思いついたことなのです。

それで、そういうふうに能楽師が、ある時自分であり、ある時他人であり、その中身はこれから詳しく言いますけれども、ある時運命であり、または自然であるというふうに自在に移り変わることを可能にさせているのは、能の演出というか演技というか、それの全体なのですが、もう一つ、謡曲のことばというものもそれに関係していると思うので、ことばの面から『実盛』を少し考えてみたいと思います。

例えば、『実盛』の場合、主語が非常に見事に捨象されてしまっているのです。主語がない。そして主語がないということにおいて非常におもしろい効果を生みだしている。それを『実盛』の後ジテについて、このゼロックスの文面で考えてみます。

まず前場《まえば》では、ワキの坊さんと主人公の実盛との問答の末、最初坊さんにもそれが誰であるかわからなかったところの、普通の人には見えない姿で語りかけてくる人を、ちょうど『井筒』の前場と同じように、だんだんあなたは誰ですかというふうにいろいろ問いつめて行って、最後に、「さてはおことは実盛の、その幽霊にてましますか」というところまで来るのです。「紀有常の娘よな」と聞いたのと同じようにね。さてあなたは二百年前に死んでしまった実盛のその幽霊にてましますか。そうするとシテの実盛の霊は、「われ実盛が幽霊なるが、魂《こん》は善所《ぜんしょ》にありながら、魄《はく》はこの世に留まりて」と言う。つまり自分は実盛の幽霊ですといって魂も魄も両方魂《たましい》ですが、魂は冥土にありながら魄はこの世に留まりてと告白して消えてしまう。そこで中入《なかいり》ということになって次に後ジテになって出て来るのですが、「さてはおことは実盛の、その幽霊にてましますか」と問い詰められて、シテの実盛の霊は「われ実盛が幽霊なり」と「われ」、つまり〝私は〟という主語をこの前場では使っているのです。ところが後場《のちば》では主語をまったく使わない。主語を使わないということの有効性が、『実盛』の後ジテではうまく生かされていると思うのです。

　そこで後場になって、後ジテが二百年前に死んだ実盛として姿を現わすのですが、これが一切主語を使っていない。後場の最初から見て行きましょう。

　まず「後ジテが力強く登場」という解説があって、シテが「極楽世界に行きぬれば」と出てくるのですが、このセンテンスに主語がないでしょう。我、ということを言ってない。私が極楽世界に行ったらというように主語を使っていない。いきなり「極楽世界に行きぬれば、永く苦海を越え過ぎて、輪回《りんね》の古里《ふるさと》隔たりぬ、歓喜の心いくばくぞや、所《ところ》は不退の所、命は無量寿仏《むりょうじゅぶつ》とのう頼もしや」と、このことばの意味はややこしいけれどこれは後で註を見てください。そこで、「念々相続する人は」——念々というのは非常に短い時間のことだそうですけれども、絶えず念仏を続けている人は、とシテがいうと、地謡《じうたい》が、「念々ごとに往生す」と謡う。地謡というのは舞台の上手に二列になって座っているコーラス隊で、ギリシア悲劇でいうコロスみたいな役目をつとめる人々で、それが「念々ごとに往生す」と謡う。すると、シテが「南無と言つぱ」、地謡が「即ちこれ帰命《きみよお》」、シテ「阿弥陀と言つぱ」、地謡「その行《ぎよお》この義を以つてのゆゑに」、するとシテが「必ず往生を得べしとなり」、地謡が「有難や」と謡う。そこでワキの僧が今度は情景描写するわけです。「不思議やな白みあひたる池の面に、幽かに浮かみ寄る者を、見ればありつる翁《おきな》なるが」、つまり前場で見たあの人だ、前場で自分が会っていて、あなたは実盛の幽霊ですかといって問いつめたあの人が、というのが「ありつる翁」のことです。それが「甲冑を帯《たい》する不思議さよ」。ここでは鎧を着て出て来たのですね。そのことでワキが自分の印象を謡うわけです。するとシテがまた主語抜きで「埋れ木の人知れぬ身と沈めども」と、ここでも〝私は〟という主語を消しているのですが、意味は、私は「埋れ木の人知れぬ身と沈めども、心の池の言ひ難き、修羅の苦患《くげん》の数々を、浮かめて賜《た》ばせ給へとよ」と言うのです。するとワキが「これほどに目のあたりなる姿言葉《すがたことば》を、余人《よじん》はさらに見も聞きもせで」、つまり他の一般の人にはこの姿が見えない。俺にはこんなにリアルに見えているのにという。するとシテが、あなただけが、「ただ上人《しよおにん》のみ明らかに」。ワキが「見るや姿も残りの雪の」。シテが「鬢鬚《びんびげ》白き老武者《ろおむしや》なれども」。ワキ「その出立《いでたち》は花やかなる」、というのは鎧を着ていますから。するとシテが「よそほひことに曇りなき」ワキが、「月の光」シテが「ともし火の影」という。ここまでに、それから以後もこのシテは主語を一遍も使っていない。〝私は〟ということを言っていないのです。しかも地謡がいつのまにかシテのことをことばを補って謡う。それからシテが自分自身のことばを語る如くにしていつのまにかワキのことばを補っているという不思議な関係、その曖昧模糊としたことばの使い方、ことばの使い分け方がここにあるわけです。そういうことの積み重なりが、この次に説明する非常に不思議な効果を創り出して来ているとぼくは思うのです。もちろんその不思議な効果を現出する一番大きなものは、前にもいったようにこの能の演出全体なのですけれども、この場合ことばだけでたどって行ってもそのことが説明できる。つまりそれは何かというと、しばらく地謡とワキとシテの同じようなことばの操作が六、七行あってそのあとから地謡が「暗からぬ、夜の錦の直垂に、夜の錦の直垂に、萌葱匂ひの鎧着て、金作りの太刀《たち》刀《かたな》、今の身にてはそれとても、なにか宝の、池の蓮《はちす》の台《うてな》こそ宝なるべけれ。げにや疑はぬ、法《のり》の教へは朽ちもせぬ、金《こがね》の言葉重くせば、などかは至らざるべき、などかは至らざるべき。」と謡う。ワキが「見申せばなほも輪回《りんね》の姿なり、その執心《シウしん》を振り捨てて、弥陀即滅《みだそくめつ》の台《うてな》に至り給ふべし。」するとシテが、「それ一念弥陀仏即滅無量罪」。地謡が「すなはち廻向発願心《えこおほつがんしん》、心を残すことなかれ。」シテが「時至って今宵逢ひ難きみ法《のり》を受け、」地謡が「慚愧懺悔《ざんギさんげ》の物語り、なほも昔を忘れかねて、忍ぶに似たる篠原の、草の蔭野の露と消えし、有様語り申すべし。」これは加賀の篠原という所が場面になっていて、実盛というのは自分の郷里ではなばなしく討死したいということでそこに帰って討死したからこの亡霊がここで出てくるわけですけれども、シテが「時至つて今宵逢ひ難きみ法を受け云々。」ここでも主語が全然ないでしょう。それで地謡が「慚愧懺悔の物語り、なほも昔を忘れかねて、忍ぶに似たる篠原の、草の蔭野の露と消えし、有様語り申すべし。」自分が死んだ、あの実盛が死んだ時のことを物語ろうと、そこで実盛が語り始める。

その語りの内容が非常に不思議なのですが、「さても篠原の合戦《カせん》敗れしかば、源氏の方に手塚の太郎光盛。」ここでは主語ではないけれどもその登場する人物の主体をちゃんと手塚の太郎光盛と言っています。「木曾殿」というのは木曾義仲ですけれど、光盛という人が「木曾殿のおん前に参り申すやう」、この光盛、私こそ、これは主語を使っている。この私「光盛こそ奇異の曲者《くせもの》と組んで首取って候へ。」非常に不思議な人と取っ組んで首を取りました、というその相手は実は実盛なのですが、「大将かと見れば続く勢もなし、また侍かと思へば錦の直垂を着たり。」つまり派手な装いをして郷里に帰って討死したいというつもりで実盛はやってきた。「名のれ名のれと責むれども終に名のらず、声は坂東声《ばんどおごえ》にて候ふと申す。」つまり坂東武者の非常に野太い声である。すると今度は手塚の太郎というのが木曾義仲に報告するのです。「木曾殿あつぱれ斎藤別当実盛にてやあるらん。」それはきっと斎藤別当実盛だろうと義仲がいう。「然らば鬢鬚《びんぴげ》白髪《はくはツ》たるべきが、」実盛だったら鬢鬚は白いはずなんだけれども、「黒きこそ不審なれ、樋口の二郎は見知りたるらんとて召されしかば、」この樋口の二郎がやってきて、「参りただひと目見て涙をはらはらと流いて、あな無慚やな斎藤別当にて候ひけるぞや、実盛常に申せしは、六十に余つて戦《いくさ》をせば、若殿ばらと争ひて、先を駈けんも大人気なし、また老武者《ろおむしや》とて人びとに、侮られんも口惜しかるべし、鬢鬚を墨に染め、若やぎ討ち死にすべきよし、常づね申し候ひしが、まことに染めて候。洗はせてご覧候へと、申しもあへず首を持ち、おん前に立つてあたりなる、この池波の岸に臨みて、」以下ずっとあって、「鬚を洗ひて見れば、墨は流れ落ちて、元の白髪となりにけり。」——これは誰がやっているかというと、実盛自身なのです。実盛が自分自身の首を持って洗っている。そうでしょう。「さても篠原の合戦敗れしかば」と話し出したのが実盛の話です。で、その中でこの手塚の太郎光盛が木曾殿の所へ行って報告した。非常に不思議な老人と戦いました。大将かと見ると家来はちっともついていない。では地位の低いさむらいかと思うと錦の直垂を着ている。いくら名のれと言っても名のらない。しかし声は坂東声で野太い声だという。で、木曾義仲が、それこそ斎藤別当実盛であるだろう。しかしそうだとすると白髪のはずだけれども黒いのはどういうわけだというと、樋口の二郎というのが来て涙を流してこれはやっぱり斎藤実盛だ、常にあの人が言っていたのは、もう六十過ぎて白髪になって、戦さの場で若殿、若い連中の先に駆けて戦うのもみっともない、大人気ない。それから老人だといって人々に侮られるのも口惜しい。だから髪を墨で染めて若やいだ姿で討死にしようと言った。きっとそうでしょう、これ洗ってみましょうと、「申しもあへず首を持ち」と言って、扇を広げ、首を乗せたていで両手に持って立つ。そこでまさにそういうことをやる主体は樋口の二郎でしょう。これを洗うと墨が落ちて白髪が出てくるという訳なのですけれども、しかしこの時、扇を開いて両手で持って首を洗う姿をする人は斎藤実盛の役の人なんです。直接の文章の意味からいえば樋口の二郎なのです。しかしそれを語っているのは斎藤実盛で、あるいはもっと正確に言うと斎藤実盛のはず。はずというちょっとぼやかした表現をしないと正確でない。なぜかというと樋口の二郎がそうしたということを語った語り手の名前の主語が非常に巧妙に消されているわけです。実盛の語ったその実盛の主語が全部消されている。主体が消されている。捨象されている。だからずうっと読んでいくと、それは樋口の二郎なんだけれどもしかし実は斎藤実盛自身が自分自身の切り首を洗っているかのような不思議な光景が現出されるわけです。恐らくこれは、主語というものを意識的に世阿弥は使わなかったのだろうと思うのです。だからさっき言ったように能役者は、あるとき主人公であり、あるとき状況を語り、ある時は他のいろいろなものである。変幻自在な能役者の演技というものは、それを彼に可能ならしめるのは、たびたびいうように能の伝統的な演出自体なのだけれども、ことばに関係したところ、ことばの関与する限りでも、ここで見るように、巧妙な仕掛けがあるわけです。複式夢幻能というものの数はそう多くはありませんけれども、どれを読んでみてもここに具体的に示されているような非常に不思議なことが起こる。そしてしかもそれがまさにそうであるというリアリティがある。

(3)

西欧的な合理性を持ったドラマのつくりだすリアリティとは異なった――たぶん異質といっていい――リアリティということをお話ししてみましたが、これは確かに日本(人)の発想の原基形態のありようを示唆する例だと思うのです。しかし日本文化のアーキタイプ(ス)という課題とどういうふうにつなげることができるのかがまだうまく論じられない、というより、こういう具体例をいろいろ調べあげて、そこからアーキタイプ(ス)の姿をはっきりさせて行くよりないのかも知れないという気もするのですが、そういう意味からいえば、さっきの『実盛』の、主語がないという問題は、たぶん日本語論のほうからもいろいろ探って行ける問題なのだろうと思います。ただ、日本語論のほうはぼくは素人で、残念ながら論じられないのですが、ただ思いだすままに二、三のことを挙げてみると、例えば時枝誠記さんが『国語学原論』などの中で論じていられる問題。日本語は非論理的だということがひところ随分いわれましたね。主語がないとか、目的語があいまいだとか。しかしそうではないということを時枝さんはいっていられる。またいわゆる前衛文法の三上章さんにいわせると、日本の学校文法は英文法をいきなり日本語にあてはめたもので、そういう文法をやがて一世紀前から学校では教えているが、あれは国文法と称する第二英文法だというのですね。そういう立場から見ても、日本語が非論理的だというのは単純思考だということになるようです。やはり前衛文法の奥津敬一郎さんに、『「ボクハ　ウナギダ」の文法』という題の本がありますけれど、ヨーロッパ語の論理からいったら、〝僕は鰻だ〟という表現はあり得ない。そうでしょう。料理屋に行って、「君は何だ」、「俺はウナギだ」というけれど、それを英語に訳したら非常におかしなことになってしまう。「僕は東京だ」、「僕は九州だ」――これも、「わが出身地は九州である」といわないと非論理的だということに、ヨーロッパ的発想でいえば、なる。しかし日本語ではそうではないんだということが、ずっとここ十年か二十年くらい出て来ているのではないですか。時枝さんはこういっていられます。「国語に於いて主語の省略といふことを、特例の様に考へることは全く当らないことであつて、実はそれは省略ではなくして、主語が表現されるに及ばない形式といふべきである。」印欧語におけるA is B式の、copulaでつないだ〝天秤型〟に対して、日本語が〝入子型《いれこ》〟であるという時枝さんの論も、いろんなことを考えさせてくれます。省略ではなくて主語が表現される必要がない形式であるだけである。三上章さんの『日本語の論理』という本の中には、「日本語は論理的でないか」、と「主語廃止のプログラム」という二章がある。また、文法という見方とは違った地点から、森有正君が三人称という問題をずいぶん論じました。日本語というのはつまり現実関与型、といってたかな、「ぼくはウナギだ」というのも、ことばでもってはっきり「私が欲するのはウナギである」と言わないで、自分を主体的に全部説明するのでなく、現実にそこにあるものとの関係においてことばが成り立っているというわけでしょう。そういう問題全体の文脈はぼくは知りませんが、例えば謡曲の場合の、主語がなくてそれでこういう効果を出してくるということをそれらの問題と結びつけて誰か専門家がやってくれると、おもしろい論ができるのではないかという気がします。

(4)

そこで、複式夢幻能というのはそういう意味でリアリティを創り出している。あり得ないものをまさにリアルなものとして感じさせる仕掛けを持っている。だから、この複式夢幻能というのは本来〝幻〟の字を書きますが、これはむしろ〝現〟とすべきではないだろうかと言った人があるのです。それは横田雄作さんという朝日放送の非常に優れた演出者でしたが、先年癌で亡くなりました。それと、これも亡くなった天才的な能役者観世寿夫君が、たぶん期せずして、やはり同じく〝現〟の説をいっている。どういう意味かといいますと、複式夢幻能の後場《のちば》がわれわれに示しているのは、いわゆる覚めた世界でのクリアなリアリティではない。だからそのものの輪郭も別にさだかではない。そこで部分部分を見定めることは非常に難しいのだけれども、しかしまざまざとリアルなものとしてわれわれに映ってくる。つまり自然主義的な、写実主義的なリアリティではない次元のリアリティをわれわれに訴えかけてくる。

『土佐日記』に、「かげみればなみのそこなるひさかたのそらこぎわたるわれぞわびしき」という歌が出て来ます。「かげ」というのは月影で、「かげみれば」というのは、月が波に映っている、船に乗っていて土佐から関西へ帰って来る途中、波に映っているその月影を見ると、「なみのそこなるひさかたの」、ひさかたは枕詞ですね、「なみのそこなるひさかたのそらこぎわたるわれぞわびしき」、つまり波に映っている月影を見ていると自分は空を漕ぎわたっているような気がするということですね。「水に映る」月影を見れば、その下に、波の底に空がある、その空を漕ぎわたる「われぞわびしき」というのは、わびしいかどうかちょっと別として、つまりそういうリアリティがあるわけでしょう。飛行機に乗って雲の上を飛んでいるのは、これはまさに飛行機に乗って飛んでいるというだけのことで、それはわれわれが創り出そうとしているリアリティではない。単なる現実であるに過ぎない。自然主義的現実、写実主義的現実ですね。それに対して、船に乗っていて、海面に映る月影を見ていると、自分は月の上を、空を漕ぎわたっているという感覚をふっと、しかし非常にリアルに持ったというのは、全く異質のリアリティです。つまりそれはまさに幻の方の〝幻〟なのだけれど、しかしそれこそが本当にリアルな真実である。〝現〟である。森有正君のことばを使って言えば、そう簡単に言ってはいけないのだけれども、飛行機に乗ってああ空を飛んでいるなあと思うのは、一種の体験であるのに対して、波の底に映っている月影を見て空を飛んでいるという真実をふっと感じるというのは経験なんでしょうね。つまり自分にしかない真実、人が見ればばかばかしいと思うかもしれないが、自分だけには確実にそう感じられる真実というものを人にもわかってもらうようにするということが芸術におけるリアリティというものでしょう。だからドラマにおけるリアリティというのは、くりかえしてくどいようですが、自然主義的、写実主義的リアリティではない。これこそが真実だと自分に感じられたものを、もうひとつ人に訴えかけるものとして再創造するということであるだろうと思います。そこでそういうものを能役者が、きわどい瞬間に現出する。さっきいった観世寿夫君という、亡くなった天才の『井筒』を思いだしますが、お能でむずかしいのは、同じようなことをやっていて、やはり優れた人優れていない人があるのは仕方ないとして、同じ人でも優れている時と優れていない時とがありますね。なかなかいい能にぶつからないとぼくが言ったら、能評の専門家がいわくには、芝居と違って能は一晩しかやらない。そしてそれがいいか悪いかはそれをやる人にとっても賭けである。だからいい能にぶつかろうと思ったら、しょっちゅう能を見てなければいけないと言うのです。芝居だと幾日もやってるから、今度の芝居はいいそうだ、じゃあ行ってみようということになるのですが、こういう本質は芝居も能も本当は同じだと思うのですけれど、殊に能においては、さっきもいったように、きわどい瞬間に、役者にとってみればきょうは生きるか死ぬかという賭けみたいに、現出される。

(5)

ところで、さっきいった水に映る星影とか月影とかいうのは紀貫之だけかと思っていたら、バシュラールというフランスの哲学者のものにも出てくるし、ホフマンにも確か出てきますね。エドガー・アラン・ポウの詩にも出てくるはずです。それぞれの国の人なりの感じかたではあっても、水に映る月、水に映る星、そっちのほうに真実があるという考えかたは、一種インタナショナルなものでもあるらしい。ということになるとですよ、さっきお能を二曲挙げて、日本的リアリティの造出ということをお話しして、それと日本的発想の原基形態とはつながってるだろうということをいいましたが、それはそうに違いないけれども、一方でヨーロッパのドラマにも、ふつうヨーロッパ的合理性というようないいかたで割り切られているものを超えるなにかがある、総ての場合じゃないけれどもそういうケースもあるということを、一応考えておいたほうがいいかと思います。

そこでまず、いつもぼくが何かというと例に出す『オイディプース』というギリシア悲劇があります。あれはソポクレースという紀元前五世紀の人の書いた芝居ですが、テーベのよき王が十年間よき政治を行なってきた。するとそこで疫病がはやったので、何とかしてくれと町の長老達が王に訴える。そこで王は何とかしようとしてデルポイの神殿に伺いを立てる。そうすると、自分の父親を殺して自分の母親と結婚している男を発見すればいいという神託が下る。そこでよき王としてのオイディプースは一所懸命それを探そうとして、努力して努力して行って、最後にそれは自分自身であることを発見して、苦しんだあまり自分の両眼をつぶして放浪の旅に出るという話ですね。これを、もう四年ぐらい前ですか、ギリシアの国立劇場が日本で演ったんです。これは、ギリシアの劇団が演ったからギリシア悲劇ということにはならないらしいですね。古典ギリシア語と現代ギリシア語は違うし、民族的にも違うらしい。古典ギリシア悲劇というのは日本人が演ってもどこの国の人が演っても同じことだという理屈になるらしいのですけれども、そのギリシア劇団はとにかくギリシア語で演ったんですね。それを見てぼくは不満だった。なぜ不満だったかを考えてみると、そこで演じられているものが、一人の男が非常な困難に出会って煩悶しているという舞台にしかなっていない。どういうことかというと、理も非もなく彼に業罰を与えた神の視点というものが全然抜けているのです。困難に相対した男が悩んで闘っているという、これだけだったらこれはイプセンの芝居の亜流みたいになってしまうわけですね。たいへんに悩んで最後には自分の目を潰してしまった――その人間としての苦悩がちゃんと演じられると同時に、彼にそういう業罰を与えた神、人間の力を超える存在としての神というものが舞台空間の内か外か知らないが、どこかにいないとあの『オイディプース』という芝居は成り立たない。ただし、そういう意味で成功した『オイディプース』の上演があるかどうか知りませんけれども、例えば、能の役者があれを演じれば、それもただ翻訳してそのままというのではなくて、翻案して演じればどうなるか。実は〝冥の会〟という、今はないグループですが、能、狂言、新劇が集っていた集団がかつて『オイディプース』をやった。ただし翻訳でやった。見そこないましたが、翻案でやってみるといいと思います。人間の直面している困難と同時に、その困難を与えた神の立場というのが創り出せたらおもしろいだろう。ドラマの基本は対立だということをよく言いますけれど、単にAとBが対立してコンフリクトが起きるのがドラマなのではなくて、それはドラマの一部であって、やっぱりドラマというのは人間と人間を超える力とが相対峙しているところに漲る緊張感、それが基本だと思うのです。『オイディプース』の場合でも、いわれなき業罰を神から与えられたよき王としてのオイディプースがそのいわれなきものとどう闘うかということで、作者は、ソポクレースという人は、ギリシアの当時、運命というものが考えられていた、その、人間としてはどうしようもない運命というものをどうやって突き抜けるか、それを主人公のオイディプースが自分で自分の目を潰してしまうという行為を経て、次の高い次元に出たという形で描いていると思うのです。それがあのギリシア国立劇団の舞台では創られていなかった。これは恐らくヨーロッパ演劇全体の問題かもしれません。能の持っているような、自分であり同時に他人であるというそういうものの系譜がないから、それはヨーロッパ演劇がこれから解決していかなければならない問題であるかもしれないし、同時に能がただ今の能のままでいたのではやはりどんな優れた能に感動しても、一歩外に出るとわれわれは違う世界に生きているわけですから、それだけでは自分の中のどの部分かが感動したに留まってしまう。そこでそれをどうやって綜合するか統一するかということがこれからの世界演劇全体の問題だろうと思うのですが、そっちへ話を持って行ってしまうと演劇論になってしまう。今いいたいのは、ヨーロッパにも——突っこんで考えて行けば日本の場合とずいぶん質の違った、しかし無縁ではない——そういう問題があるらしいということです。

もう一つだけヨーロッパの例を挙げれば『マクベス』。この芝居が今のぼくにおもしろいのは、これもある意味でお能の問題と重なるところがあるのですが、マクベスがだんだん自分を他者として見るようになってくるということなのです。それはどういう意味かというと、なにしろヨーロッパの芝居というのは、紀元前五、四世紀のギリシアから一貫してせりふも論理的に書かれていますから、謡曲にあるような翻訳不可能な、つまりヨーロッパ的論理では翻訳不可能なことばのつながりあいでは書かれていませんから、比べるのは無理といえばそれっきりなのですけれども、でもたとえば『マクベス』にしても、われわれが芝居を書く時には考えようもないようなオーヴァで荒唐無稽みたいなことばの使い方はしていますね。ただそれが日本の歌舞伎とかお能とかと違うのが、ことば遣いは荒唐無稽のように見えても実はリアルな心理を言い当てているということです。

そのことばの例を挙げるのはいま省略しますが、マクベスでおもしろいのは、彼がダンカン王を暗殺してしまう、そして殺してしまった瞬間にしまったと思い、だんだんその思いが深まってくるわけですね。ところが『マクベス』というのは一六〇五年あたりの作品、作者後半期の代表作の一つのわけですが、シェイクスピアの前期の作品、例えば一五九二年頃の『リチャード三世』なんかは、同じように王を殺して自分が王になるという芝居なんだけれども、これは一つのメカニズムとして客観的に書かれているわけですね。対立者を殺す、そのことで階段を踏み上って行く。と、そのことによって自分は敵を次々につくって行く。そして敵ができるから敵によってまた殺される。歴史の歯車の回転はそのようなものである、というメカニズムを、客観的にシェイクスピアは書いている。ところが後期の方になりますと、例えば『マクベス』の場合、そういうものとしても分析できるけれども、それよりもっと、自分がその殺人の現場の中にどんどん入って行く、ダンカン王を殺したら次はバンクォーを殺さなければならない。彼を殺すと次にはフリーアンス、バンクォーの息子を殺さなければならない。フリーアンスは逃げちゃうわけですけれども。そういうふうに、回れ右の利かない道へどんどん入って行くうちに、だんだんだんだん自分が他人に見えてくる。つまり、おれがこんなことをしちゃったのは間違いない事実だけれども、しかしどうしておれはここまで来たんだろうと、そういうふうにしている自分が不思議に見えてくるわけですね。で、自分を他者として見る。他者として見るのだけれども、しかしいくら他者として見てもそうやって見ている自分は、もう行為を犯してしまっているわけで、その行為を犯したら、必然的にもう一つ先へ、次なる行為へ進まなければならない。回れ右がきかない。先へ進まなければならない。そうやってずるずると入っていくわけですね、血の海の中に。だけれども入っていきながら、その入っていく自分をいわば客観的に、とりかえしのつかなくなってくる自分をずうっと見ながら見ながら転落していく。真直ぐな並木路、vista、その坂道をまっさかさまに自動車が転落していくとしますね。転落していくことはまさにそうなんだけれども、同時にその転落していく自分がなまなまと見える。あるいはその自分を両側の並木が自分の目になって見ているような、そういう感覚を非常に的確に描いている。だからそういう意味からいうと、お能では、一種不思議な様式で、自と他、あるいは運命というものを一人の役者が演じることになる。それに対してヨーロッパはもっと合理主義ですから、そんな不思議なことはないんだけれども、結果としてそれに似たようなことができているといっていいのかもしれない。それを直接並べてつなげる、また比べることは無理ですけれども。

＊

以上、課題の日本文化のアーキタイプ(ス)のまわりをただぐるぐる回って来ただけのことになってしまいました。問題を考える入口までやっと来たかという気がするというより、ぼくの場合はむしろ素材を提出したというところにとどまると思いますが、一応ここで終ることにします。

東京裁判が考えさせてくれたこと

東京裁判を日本人一般はどう受けとめたか。この問題について、このシンポジウムの企画書の序文は、二通りの姿勢がそこに見られるといっています。一つは「検察や多数意見判決の側に立って、その結論を鵜呑みにする」ところの、「例えば、戦争に対する全責任を軍閥、財閥に帰属させる議論」、いま一つは「逆に弁護側に立って裁判全体を否定する」ところの、「例えば、東京裁判即『勝者の正義』論」であると。私はこのような二つの考えかたがあったという見方に同意するものであり、「こうした対立は不毛」であるという序文のことばにも賛成するものですが、では対立するそのような両極のあいだに、またはそのような対立とはたぶんほとんど無関係なところに、東京裁判を契機として考えることのできるどのような〝日本人の姿勢〟があり得たか、またあり得るのか。このことについての全般的な広い考察は、おそらく他の報告者がされるでありましょう。私は一人の日本人として、私自身の体験に基づく個人的な感想を述べてみたいと思います。それは個人的な感想である故に、東京裁判そのものの再検討を企図したこのシンポジウムにおける報告としては、少々場違いな感じのものになるかも知れません。見当違いと見られる部分もあるかも分りません。しかしこの個人的な感想が、どれだけ普遍的な意味を持ち得るか、または全く持ち得ないか、そのことが、この報告を聞いて下さる皆さんによって験《ため》されるならば、その過程は、私一個の感想を超える普遍的な問題を提示することになるであろう、と私は思っています。

私はまず、次のようなことを考えます。

東京裁判が行なわれた日本と、ニュールンベルク裁判が行なわれたドイツと、この両国のあいだに見られる重大な違いの一つは、ドイツにおいては、あの国際裁判とは別に、ドイツ人自身によってドイツ人の戦争責任の追及が行なわれたし、現在も行なわれている。それに対して、日本においては、日本人の戦争責任の追及が日本人自身によって行なわれたことが、ほとんどなかったということであります。日本でも、日本人の手による戦犯裁判の動きがなかったわけではないということは、私も聞いています。しかしそれは、連合国の手にゆだねる前に日本側で処理してしまおうという、日本の支配層による発想のもので、当然そのことは実現しませんでしたが、仮りに実現していたとしても、それが極めて〝政治的〟な御都合主義のものだったろうことは十分に想像されます。私がここでいっているのは、下からの、内発的な、日本の民衆の手によるそれであります。むろん政治や学問や芸術やまたその他の分野で、追及が散発的にやられなかったわけではありませんが、それらは個々としても後で触れるような意味で力が弱く、ましてそれらが合わさって一つになり、戦後日本の状況を変える力にまでなるということは全くありませんでした。ドイツの場合は、ナチスの党員であったか否かという点で、コミットの度合がかなり明瞭に判定できたなどという事情もあったではありましょうが、ドイツのことは今は別です。また日本人の性格や心情の面からする一般論も今は別です。私個人が、なぜ日本人の戦争責任の追及を怠ったか、そのことから一体何が考えられるか、それが現在の問題です。

そこでその頃の自分をふり返ってみますと、東京裁判が開廷された一九四六年、私は一度だけこの裁判を傍聴する機会を持ちましたが、青年であった私は、その年やっと初めて自分の戯曲を発表することができ、ある私立大学の講師に就職し、つまり、初めて何らかの社会的発言をするだけの資格をやっと私が持ち得たのがその年でありました。そういう時、そのような立場にいた私が、日本人の戦争責任の追及をなぜ行なわなかったか。問題の所在をはっきりと捉える能力がまだ私になかったこと、空腹や眼前の社会的混乱が私の関心を、どうやって毎日を生きるかということのほうへもっぱら引きつけていたこと、そのほか理由はいろいろあったでしょう。が、残っているのは、私が問題の追及を怠ったという事実だけであります。

だが、それから三十数年がたった今、私にとって重要なのは、あの頃の自分をただ思い起してみることではありません。重要なのは、あの頃の自分が現在の私に何を考えさせるかということであります。そのことについて、私は二つの感想を持っています。

一つはこういうことです。

自分の過去をふり返って、あの時ああしていればよかったのにと、残念に思うことが私にはたくさんある。単に残念というのではない、より強烈な痛恨の念を以て、もしもあの時ああしていればよかったのにおれはそうしなかったと思い起す痛恨事がいくつかあります。そしてその痛恨の度合、いわば〝痛恨度〟の最も強いものが、私の場合、戦争協力者であった人々の責任の追及を、それがまだ実効を持ち得た敗戦直後のある期間内に、自分が怠ったということです。もしも多くの人々と腕を組んでそれをやっていたならば、東京裁判の判決後十年もたたぬ時に、かつてA級戦犯容疑者であった人物が日本国の首相となることを防ぎ得ていたかもしれない。日本国の共和制という議題を日程にのぼせることもできていたかも知れない。米軍の占領政策下にあって、それらの実現は不可能だったとしても、社会的に問題を喚起するぐらいのことは可能だったのではないか。

私は今、何度かもしも（if）ということばを使いましたが、歴史において、もしもあだったらまたはなかったらという仮定を立てることが無意味だというのは常識であります。すると、自分自身の過去だってやはり一つの歴史なのだから、そこにもしもという仮定を持ちこむことも、同様無意味だという人があるかも知れません。が、私は意味があると考えます。そのことは次のように説明されるでしょう。

戦後の日本には歴史ブーム、あるいは歴史文学ブームという現象が起りましたが、すると一般に大衆は、歴史というものを自分が現在生きているというこの事実とは別ものの過去としておもしろがって見るにせよ、今日の世の中をうまく説明してくれる絵解きあるいは教訓として眺めるにせよ、そこにもしもを入れてみても無意味だということを当然の、むしろ意識すらしない前提として歴史を楽しんでいる。そしてそれはまさに当然のことなので、例えば一五八二年にもしも織田信長が死んでいなかったら、などと考えることは、無意味でありましょう。

しかし、そういう遠い過去と違って、自分自身のこれまでの過去の中にもしもを入れて考えることは可能であり、必要であり、つまり意味があることだと私は思います。なぜかなら、あの時もしもこうしていさえしたらばと、痛恨の念を以て自分の過去をふり返ることは、現在の自分の姿勢と未来への自分の歩みとを点検し、反省し、それを推進させる力となるだろうからであります。

そこで、織田信長が死んだ一五八二年という、今更もしもといってみてもどうにもならない遠い過去というものとは別に、それに対してじかに自分につながる過去のことを、私は〝直接の過去〟と呼びたいと考えます。〝直接の過去〟にもしもを入れること、すなわち、〝直接の過去〟を痛恨の念を以てふり返ることは、大きな意味を持っている。

ところでその〝直接の過去〟を、単に自分自身のこれまでの生涯と限定せずに、もう少し引きのばして考えることは可能だろう。同時に必要だろう。

もう少し引きのばして、というのは、私たち日本人は、私たちの〝直接の過去〟として、それを一八六八年まで、日本近代の出発の時点まで遡らせることが可能だろうし、またそれが必要だろうと考えるということです。

そのように考えることを私に可能にさせてくれる根拠は、詩人で評論家である藤島宇内《うだい》君が、やがて二十年も以前に用いたところの、〝日本の近代が持つ原罪〟ということばであります。

藤島君は日本の近代が持つ原罪として、沖縄からの収奪、朝鮮の植民地化、未解放部落の問題の三つを挙げていたと記憶します。それらを原罪としてわれわれは背負わなければならないという意味ですが、ということは、とりもなおさず、一八六八年以来の日本の近代を、われわれの〝直接の過去〟

として捉えるということであります。ついでながら、ハンガリーのすぐれた文芸理論家であったルカーチ（Lukács György）は、その代表作の一つである『歴史文学論』の中で、真の歴史文学とは「過去を現在の前史としてよみがえらせるものだ」といっていますが、この〝現在の前史〟というのが、私のいう〝直接の過去〟にほかなりません。

日本近代の原罪は、藤島君の挙げた三つのほかに、まだいくつも数えられるでありましょう。日本の中国侵略は、東京裁判が対象とした十五年戦争のいわば根源でありますが、その中国侵略を可能にさせた基盤ともいうべきものは、大日本帝国および帝国国民のアジア諸民族蔑視であり、それは中でも最大の原罪だと私は考えます。敗戦によって植民地を放棄させられた後になお、放棄させられたことの意味に一向気づかず、表面上は別として本質的に、アジア諸民族蔑視の思想を少しも変えることなく受け継いでいる日本人の数の非常に多いことを考えても、この問題の根がいかに深いかが分ります。

このようにして、東京裁判が提起した戦争責任の追及という問題は、今の私に、東京裁判がそれを扱ったのとはたぶんいささか違った次元において、以上のような問題を考えさせてくれます。

東京裁判を契機として、現在の私が持っているいま一つの感想は、次のようなものであります。自分が日本人の戦争責任を追及しなかったことは、自分にとって最も大きな痛恨事であるということを私は上にいいましたが、その追及の仕方、というか、追及の姿勢について、私はかつてこういうふうに考えていました。

すなわち、前にもいったように、私は敗戦直後に初めて社会的発言権を持った人間で、従って戦前および戦中に、戦争協力的行為をとったことはなかった。つまり、きれいな手をして私は戦後の社会に出て来たのであり、だからこそ先頭に立って、他人の戦争責任を追及すべきであったのだ。——このような考えかたが誤りであることに私が気がつきだしたのは、案外、戦後もずいぶん時間がたってからのことだったように思います。

つまり、敗戦から何年間かが経過する中で、私は次のようなことがらを見たのです。戦争中に自分の行なった戦争協力的行為を反省して自己告発をしようとした、少なからぬ数の日本人がいました。しかし私の知った少数の、また知らないところに実は意外に多く隠されていたかも分らない見事な例外をのければ、日本人の自己告発はしばしば滑稽なものでありました。単純な誠実派の人がストレートに自己批判して、戦前と戦後と、まるで別人格のようになってしまうというケースがありました。またちょっと意地の悪い見方をすれば、あの時やったのは確かに悪いことだったから今度はいいことをせっせとやって、あの時のことは忘れてしまおうとしているかに見えるケースがありました。最もグロテスクなのは、贖罪のためだとたぶん本当に思って、戦後の例えば政界に平然と居すわった反動的人物のケースでありましょう。さらに戦争責任の最高窮極の所在の追及は、ついにあいまいにされてしまいました。そうしてしかもその間に、明らかに戦争責任を負うている多くの人々が、平然と、あるいは卑屈に、しかし着々と日本社会の中に復権して来たのであります。

そういう情況を眺めているうちに私の中に生れたのは、自分がもし戦争中に社会的発言権を持っていたとしたら、一体何をやっていただろうという不安、発言権を持っていても戦争協力的行為を自分は決してしなかったなどと果して一体いえるだろうかという思い、でありました。先刻いったように、私は確かにきれいな手をして戦後の社会に出て来ました。しかしそれは実は、戦争中にまだ自分が社会的発言権を持っていなかったという、ただそれだけのことの結果に過ぎないのではないか。戦争中に自分の年齢が、また社会的立場がそうせねばならぬところにあったとしてもなお、自分は戦争協力的言動をとらなかっただろうという保証は、どこにも一つもない。——ユダヤ人迫害問題をテーマにした *Der Schwarze Schwann*（『黒い白鳥』）を書いた Martin Walser は私より十年以上若い西独の劇作家ですが、自分が Auschwitz の加害者にならないで済んだのは偶然だった、という意味のことをいっているそうです。私も彼と全く同じ気持を自分に対して抱かないわけに行きません。この Walser のことばを紹介した、ドイツの演劇研究家の岩淵達治氏はこう書いています。ドイツ人の戦争責任を追及しているドイツの作家たちは、「ナチスにコミットした人間を（単純に）弾劾しているのではなく、都合の悪い過去は抹殺し忘却しようとする人びとにむかって、自分たちと同じように、自分にとって不愉快な過去を、抑圧せずに掘り起こしてもらいたい、と言っているに過ぎないのである。」（「『未清算の過去』の諸問題」テアトロ　一九七四・一）

つまり戦争責任を批判し追及する者も、同じ人間として、批判され追及される可能性を同じように自分の中に持っているのだというつらい自覚を持たない限り、他を批判し追及する資格もないのである。あるいは、また、従って、そのようなつらい自覚を内に持って行なう批判や追及こそが初めて意味を持ち、意味を持つから有効たり得るのであろう。みずからを刺す痛みを感じ得る者のみが他を刺すことができるのだろうということを考えます。

先ほどからくり返しいって来ているように、私は私が戦争協力者の戦争責任追及を、追及がまだ実効を持ち得た敗戦直後のある期間内にやらなかったこと、それを私の〝直接の過去〟における最も大きな痛恨事だと思っています。しかし、いま考えてみるに、その時期においてもし私が、空腹や社会的混乱にまどわされることなくその追及をやり得ていたと仮定してみても、その私の追及の仕方は、せいぜい、自分の手は汚れていないから、このきれいな手で他者の責任を追及しようという、ひょっとすれば威丈高なものでさえあったかも知れぬ。そして、意味を持ち、意味を持つ故に有効たり得る批判・追及のありかたがどれだけか私に分りかけて来たのは、批判・追及が実効を持ち得た敗戦直後のある期間が、どうやら終った頃になってからであります。なぜかなら、そのある時期の日本の社会情況を眺めることで、私はやっとそういう知恵を持つことができたからであります。そしてその体験は、私と同世代の多くの日本人にとっても同様ではなかったかと思われます。しかしこの事実は、単に〝歴史の皮肉〟というような軽薄なことばで片づけられていいことではありません。歴史の中におけるこの矛盾――あることを実現するための本質的な、また思想的な根拠を捉えることができるのは、しばしばそのことの実現がほとんど不可能になった時点においてであるという矛盾――は、歴史における進歩という問題を考える上での重大なキーの一つだと思います。が、この問題に立ち入ることは、現在の文脈からいえばdigressionというべきでありましょう。

東京裁判という巨大なテーマから、戦争責任というたった一つの、しかしテーマの核心になると思われる問題を取り出して、それについての全く個人的な感想を、以上述べて来ました。その問題になぜ私が固執するかの理由を以下簡単に述べて、結論に代えたいと思います。

理由を述べるというより、二つの命題を並べるということになるのですが、一つは過去へ向けての思考、いま一つは未来へ向けての思考です。

まず過去へ向けての思考。これは結局ここまでにいって来たことのくり返しですけれども、先ほどその文章からの一節を引用した岩淵達治氏は、同じ文章の中で、ドイツに unbewältigte Vergangenheit という表現があることを紹介して、これを〃未清算の過去〃、未ダ清算セザルノ過去と訳しています。それで私が思いだすのは、一九五六年に死んだ東独の演出家・劇作家 Bertolt Brecht が、やはりこのことばを使っていた。どこでであったかは思いだせないのですが、彼がそこでいっていたことの意味を私のことばで表わしてみると、こうなります。〃人は未来を急ぎ過ぎる、あまりに多くの未清算の過去を残したまま。〃――遠い昔のことではない、自分に直接つながっている過去の中には、自分にとって都合の悪いことがらが、無かったことにしてしまいたいことがらがいろいろと含まれているにきまっている。だがそれらを取りだすことが必要である以上、きちんと取りだして結着をつけてから前へ進め、または結着をつけないことには前へ進めないはずではないかというのが、ブレヒトのいいたかったことでありましょう。いうまでもありませんが、それは懺悔などとは全く無縁の積極的な思想であります。

いま一つは、未来へ向けての思考です。国連第二三回総会で成立して一九七〇年に発効し、しかし日本政府は未だにこれを批准していない国際条約があります。その題名は「戦争犯罪および人道に反する罪に対する時効不適用に関する条約」というのだそうですが、この題名の意味は、罪の証拠の確実性が、つまりは罪が、いつまでも消えぬと認めるということでありましょう。忘れてしまっていい罪というものもあるには違いない。しかし人は、忘れてしまってはいけない罪をも、あまりに早く忘れてしまい過ぎるようであります。ことに、ことに、私たち日本人は。

右の二つの命題は、平和探求という視点から東京裁判を考える場合にも、最も基本的であるところの二つの命題だと私は考えます。ただし、二つともに、完全な実行はほとんど不可能だと思える命題であるには違いありません。しかし、いろいろな意味での不可能事の実行をわれわれに強いるのが、現代という時代ではありますまいか。

『夕鶴』の記憶

太平洋戦争が始まったのは私が大学を出た翌々年だったが、その頃から私は、中学以来の学問志望をやめて、専ら戯曲を書く勉強をやり出していた。むろん発表のあてなど全くなしに、戦後『風浪』と改題して発表した歴史劇の第一稿を書いたりしていたが、今でも覚えているが一九四三年、戦争の真最中の二月のある日、本郷の大学の研究室で中野好夫氏から、当時三省堂が続けて出していた柳田国男氏監修の『全国昔話記録』を読んでみないかと勧められた。私はすぐ立ち上って、神田駿河台下の三省堂へ出かけたように思う。

この本というのは、見かけは紙表紙の粗末なものだったが、日本中の一つの郡、または一つの島の昔話を一冊ずつにまとめようという、一体日本に郡が何百あるか、企画としては壮大なものだった。その郡なりその島なりのささやかな民話、長くてもせいぜい三、四ページのものを、土地のことばや、時には普通の文章で記録してある。それが僅か十三冊で終ってしまったのは、やはりあの御時世の中で、そんなつまらない本は売れなかったからだろう。

つまらないといってしまえばまことにつまらないこれらの話を私が読んでそのとき持った感想は、

しかし次のようなものだった。

世は非常時である。どちらを見ても日本民族の世界における優秀さが高らかにしかし空疎に叫ばれ、民族精神の総ては戦争に向けて、総動員されようとしていた。そういう雰囲気の中でこのささやかな民話を読むと、ささやかななりにこれらの話の中に籠められている民族精神は——いや、民族精神などと大袈裟に呼んだりしたくないところの日本人のこころ、生活感情や意識、また生活様式などなどは、何と魅力的なものであるか。また〝国民精神総動員〟などという空虚なスローガンの中には全く見て取れない日本人本来の知恵やユーモアは、何と愛すべきものであるか。

そこで私はすぐそれらを短い芝居にたて続けに書いてみた。『二十二夜待ち』、『彦市ばなし』、『狐山伏』、そして『鶴女房』など。初めの三つは題も内容もそのまま戦後すぐに発表した。

最後の『鶴女房』も一回だけ山本安英中心で放送した。敗戦翌年の一九四六年五月、放送局といえばまだＮＨＫ一つしかない頃であった。

民話劇、というのは、民話を素材とした作品に、世間がいつの間にかつけてくれた呼び名だが、その民話劇を、前に名前を挙げたほかにも、戦中、戦後いくつか私は書いたが、『鶴女房』だけは、何かもう一つ操作を加えて書きなおしたいという気持がどういうわけかあって、その後は放送なども断っていた。その作品に改作のきっかけを与えてくれたのが、当時の「婦人公論」記者、三枝佐枝子さんである。

一九四八年の十月二十二日木曜日「午前、三枝さん来、婦公正月号戯曲依頼」と、当時のメモに書いてある。なににしようか、そうだ、やっぱり『鶴女房』を書きなおすことにしようときめるまでに、また書き直しの想を固めるまでに十日あまりかかったようで、十一月四日木曜日、私は当時明治大学の教師をしていたが、「学校休み婦公原稿（ツル）」と書いている。つまり書き始めたということで、そして八日後の十二日金曜日には「三枝さん朝来、原稿渡す」とあるから、遅筆の私としては、いくら第一稿があったにせよ、ずいぶんと速かったわけだ。

　ところで原稿を渡した前の日、というと、一九四八年十一月十一日木曜日、その日のメモには「学校休」と三字だけ書かれているのだが、これはこの日、東大ＹＭＣＡのわが部屋で原稿を書きあげるや、当時千駄ヶ谷に住んでいた山本安英さんの所へ直ちに行って朗読してもらい、題名をあれかこれかと相談しあって『夕鶴』とつけた日、という意味なのである。今から思い起せば、少々感慨無量といってもいい日だったわけだ。作品は予定通り「婦人公論」の一九四九年正月号に載った。つまり実際は、四八年十二月の初旬の書店に並んだわけである。

　『鶴女房』だけは書きなおしたい気がなぜかしたとさっきいったが、その理由の大きなものは、人間の女房になる鶴を、はっきり山本さんのものとして書きたいと自然に思ったからで、その後今日に至るまで、いわゆる役者にはめて書くことをほとんどしていない私としては、珍しい発想だった。題名から総ての人名を同母音で揃える——例えばYUZURU, YOHYOというような——実験をしてみていた私として、つうに〝純粋日本語〟をしゃべらせることは自然に思いつくことができ、そうすると、つうと男たちとの世界がはっきり違うという効果を自然に生みだすことができた。

　戦争中の、ことばの断絶ということが思い出された。理解してくれていると思っていた友人に洩らした戦争非協力のちょっとしたことばの故に、いつ警察に引っぱられるかという不安にさらされることが、必ずしも稀ではなかった。戦争に関する相手の考えがいつの間にか変っていて、こちらのいうことばが、意外にも全く理解してもらえないというケースにぶつかることが、間々あった。

「(突然非常な驚愕と狼狽)え？　え？　何ていったの、今？　『布を織れ。すぐ織れ。』それから何ていったの？」——つうにおけることばの断絶という問題は、たぶんあの戦争中の体験と無関係ではなかったはずだ。

それから、もとの『鶴女房』で気になっていたのは、それが単なる報恩譚であるという点であった。矢を抜いて救ってくれた。だから恩返しに女房に来た。しかしのぞかれた。だから飛んでいってしまった。——そういう古くさい話だけではないはずだろう、この話は。

つうは、一人の女として、この男と幸福な生活をつくりあげるべく、そういう意図、希望、意志、何といってもいいが、そういう選択をみずからすることにおいて与ひょうを訪れた。しかしその希望が実現されぬと分ったとき、与ひょうを愛し続けながらも、つうは自分の選択において与ひょうの許を去って行く。一反ではなく二反の布を彼の手の中に残して。——

このようなふうに、『夕鶴』は、いろいろな意味で比較的自然に、私の中に構築されたように思う。それが恐らく、自分でも意外なほど、この作品が早く書き上げられた理由だったろう。

さて、『夕鶴』を活字で発表してから三十六年、一九四九年十月の初演からいえば三十五年、今年一九八四年七月二十五日に、その上演一〇〇〇回ということになった。作者としてありがたいことだ。山本さんがぴんと背筋を張って、稽古のたびに何かの新しい発見をしつつ、ここまで上演し続けてくれた。改めてあの一九四八年十一月十一日木曜日を思いださないわけに行かない。私はただ一度それを書いた。山本さんはそれを、日々新鮮に、一〇〇〇回やってくれた。これが私の現在の実感である。

七月二十四、二十五日の福島公演ではさすがに感動した。中野好夫氏、高野悦子さん、岩波雄二郎夫妻、中野孝次夫妻、尾崎宏次氏、その他全国から駈けつけてくれた人々や観客組織の担当者たちとスタフ・キャストが舞台に並び、当日の客席のお客さんたちと盛大に乾盃をした。どこか遠くの小さな町で、あら、きのうが一〇〇〇回だったの？　というふうに、いつのまにか『夕鶴』の一〇〇〇回は過ぎてほしいというのが初めの頃の山本さんの気持だったが、なかなかそういうわけにも行かなかった。ただ、民話のゆたかな土地福島、というのはふさわしいと、誰もいってくれたが。

さて、ここでも私の実感をいえば、この芝居は、それは東京で二ヵ月近く打ち通したこともあるにはある。しかしおおむね、一年か二年の間をおいては、全国各地を自分たちで荷物を背負って、かたつむりのように歩きながらやっとここまで来た。福島市公会堂、二日合わせて三〇〇〇人の満席のお客さんは、まさに全国数十万のお客さんの代表なのであった。

私が決断したとき

この標題を与えられて改めて考えてみると、大きな決断を、これまでに私は三度したことがあるようだ。だがそのいずれも、短いスペースで書ける問題ではなさそうである。ここでは一つの小さな、しかし結果を思えば決して小さくはなかったある決断について書いてみよう。

一九三九年十二月一日、私は熊本の騎兵第六連隊の営門を、現役兵として入営させられるためにくぐった。入営して兵隊になるのは、私はいやであった。

その二日前、町に出て本屋に寄り、左手を伸ばして本を取ろうとしたら、肩がギクリと痛んだ。そのギクリが、営門をくぐる自分の肩にまだ残っている。このギクリの始末をいかにすべきやで頭が一杯になったまま、私は営門をくぐった。ギクリの痛さは、ちょっと無理すれば、手を上まで挙げられないほどではないのだが、一体全体どうしたらいいのか。

やがて現役入営者たちは、広い広い営庭の真ん中に、何列横隊だかに並ばされた。水を打ったように静かな営庭のあっちやこっちから、偉そうな軍人が何人もわれわれを睨みつけている。やがて若い将校が前に立って、突きぬけるようないい声で、入隊後の心得を、一つの無駄もない言葉でよどみなく、くわしく述べた。それに聞きほれていた、というとおかしいが、気持ちを集中して聞いていたその短くはない注意事項がやがて終わってほっとしたとき、間髪を入れずその将校がいった。「故障のある者、前へ出ろ！」私は虚を突かれた思いがした。前へ出るか、出ないか。出るか、出ないか。出るのならこの一瞬しかないが、出るか、出ないか。

その気持ちは、今の若い人には到底分りっこない。何でもないちょっとした肩の痛みをたてにとって——と判断されたら、それこそ半殺しになるほど叩かれたうえ、どういう目に遭うか分らないのが当時の軍隊である。

それは小さな決断に過ぎなかったが、私は大げさにいえば、決死の思いで前に出た。出た者は、ほかに二、三人いたようである。すぐ医務室に連れて行かれて素っ裸にされ、何度も手を上げ下げさせられた。横に黒い襟章をつけた憲兵下士官がいて、お前、さっきはここまで手が挙がったのに、今度はここまでしか挙げん、何だそりゃあ、とこづく。

私を診てくれたのは老人に近い軍医中尉、きっと町医者さんで召集にあった人だったに違いない。横で別な軍医と小さな声で、こりゃ簡単な肉離れですなと囁いているのがはっきり聞こえたが、何と、〝骨折ノ有無ニツキれんとげん検査ヲ願ウ〟という衛戍病院宛の書類をその軍医さんは書いた。

そして衛戍病院まで連れて行かれた帰りに、つき添っている上等兵殿に病院の返事を見せてもらったら大きな字で——当然のことだ——〝何ラ異常ナシ〟とあった。私はその字体までまだ覚えている。が、そこのへんで私はだんだん分って来た。その年大学を出た私は東大大学院生で、法政大学の講師をしていた。こういう男は、軍隊へほうりこむより、病気を大げさにして帰してやったほうがよかろうと、あの軍医さんが考えてくれたのに違いない。

連隊に戻って、薄暗くなった頃、医務室から呼びに来た。部屋には、あの軍医さんが一人いた。暫く私の顔を見ていたが、「お前は（軍隊に）はいりたいか?」といった。私はじっと軍医さんを見たまま黙っていた。「よし。愚問だから聞かんことにする」と、軍医さんがいった。

あの六連隊はその後全滅したと、のちに聞いたとき、私は複雑な思いにとらわれざるを得なかった。

四〇年

一九七五年に、あちこちで〝戦後三〇年〟の文章を書かされた記憶がある。この「群像」にも「三〇年」という一文を書いたが、そのときはあるけじめを感じつつ書くことができた。なぜかなら三〇年は英語でいう one generation であり、字引の解説によれば、一人の人間が親の跡を継いでから子に譲るまでの平均年数とある。何を三〇年前に自分は受け継ぎ、何を次代へ譲ろうとしているかという筋道であの時は考えることができたが、今年は四〇年目、「私と『戦後』」という題を与えられて、どういうけじめを感じたらいいか、ちょっと見当がつかない。

それにしても四〇年目、あらためてのように四〇年前、つまり敗戦の年を思いだしてみるに、その年は私はなんにもしておらず、次の一九四六年から、『彦市ばなし』その他を、生れて初めて活字にする機会に恵まれ始めている。つまり、もの書きとしての私の出発は敗戦直後にあったわけだ。

『彦市ばなし』は戦争中に書き溜めていたものの一つ、その翌年四七年発表の『風浪』も、戦争中の原稿を二分の三倍ぐらいに書き直したもので、そう考えてくると、戦後になって私の書いた最初の戯曲は同じ四七年の『赤い陣羽織』、次が四八年の（発表が四九年一月号の「婦人公論」だから書いたのは四八年の冬の）『夕鶴』、それから四九年の『山脈（やまなみ）』（続いて五〇年の『暗い火花』、五一年の『蛙昇天』）ということになる。

そこで、その頃の自分をふり返ってみるに、これは私の『作品集Ｖ』、『山脈（やまなみ）』を入れた巻の巻末の〝解説対談〟で、丸山真男が、私自身、なるほどそうかと思わせられた発言をこの作品に即してしてくれている。本当は長く引用しないと意を尽さないのだが、「……戦争直後の知識人は……これからわれわれが歴史をつくって行くんだという非常に明るいいわば啓蒙的な歴史観を持ったわけだろう。そういう時、木下君はどういうわけだか、非常に暗い、戦争中にまさにわれわれが実感して、実にわれわれにはピンと来る歴史的現実と個人との矛盾というか、そういうものをその時点で再現してる。」うんぬんと続いて、少々私は誉められているようでもあるのだが、しゃべった丸山にも、対する私にも、ここでの問題点はそんなことより、私がいま傍点をつけた〝どういうわけだか〟にあったと思う。その点をそのとき問いつめられて、私は答えることができなかったのだが。

そして今も私はその問いにうまく答えることができないようである。私は私の友人の多くのように天皇の敗戦放送に特別の（感動はもとより）感想を持たなかったし、戦後の〝沸き返る民主主義〟にわが心を沸き立たせるということもさほどなかった。この自分の姿勢心情には実は少し注釈を加えたいのだが、今はスペースがない。ひとことでいえば、私はいわゆる〝戦後派〟とは少々異質だったようである。やや自貶的にいえば私には戦後の日本がみんなのようにはよく見渡せなかった。見渡すための視座を手に入れるために私には、五五年の世界旅行（インドを初めとして西欧諸国を大体一人で歩きまわり、東独、ソ連、中国、いわゆる北朝鮮へも行った。後に『ドラマの世界』という本にまとめた。）と、六〇年のあのことが必要だったようである。五五年の旅では、とにもかくにも、〃世界〃というものが具体的に私の中にはいって来た。

六〇年のあのことというのは、その年、日本新劇団の第一回訪中公演があり、『夕鶴』その他の戯曲を持って行ったのだが、シュプレヒコールも必要だろうというので、若い劇作家の諸君と合作して、三池炭鉱争議と、六〇年安保闘争と沖縄をテーマにした三篇を作った。ところが三篇のうち『沖縄』に、中国の当事者と観衆の関心が、その時の私の感じでは異様なまでに集中したのである。中国の考え方がどうであったかは別として、そのとき初めて（実におそまきながら）、〃沖縄〃という問題がはっきりと私の視野にはいって来た。そして私は、今でも自分にとって大切な作品である『沖縄』を一九六三年に書いた。気がついてみればこれもその第一稿の発表は「群像」だったが、この『沖縄』を書いたことで、そこのところで、初めて〃戦後〃がはっきりと私に、私なりに認識できたという感じを私は持ったのである。われながら、ずいぶんのろのろした歩みだが。

「どうしてもとり返しのつかないことを、どうしてもとり返すために」というせりふを、私は『沖縄』で書いた。正直な実感をいえば、書けた、ということになる。

そのことに付随しての感想をいえば、私は自分の出発が戦後であったことを思ってほっとした。もし戦時中、既に社会的発言権を持っていたとすれば、私はどんな〃とり返しのつかないこと〃を言ったりやったりしていたか知れないではないか。――私より十三歳も年下の西独の劇作家マルティン・ヴァルサーが、〃自分がアウシュヴィッツの加害者にならなかったのは（年齢その他の）偶然に過ぎない〃といっているのを岩淵達治氏から教わったのはその大分あとのことだったが。

だが、〝ほっとした〟というのは実感でもあるが冗談でもある。〝とり返しのつかないこと〟を、今現在の私が犯していないといい切ることはできないのだから。つまり、六三年の『沖縄』以来あのせりふは私のテーマとなり、以後の作品は、大体このテーマのヴァリエイションか、それと関係を持つものになったといってよさそうである。

「私と『戦後』」という出題への、以上がちゃんとした答えになっているとも思わないが、そのことと関連があるかないか、いま私に関心があるのは〝六〇年〟という数字である。『保元』、『平治』、そして『平家』という三つの物語の成立しているのが、いずれも実際の事件の六〇年後だというところからで、むろん違うケースは、無数にあるだろうが、六〇年という時間に何か意味があるということを、いずれ考えてみたい。

ある終結

今年三月半ば、数人で酒を飲んでいて私は酔っぱらい、全く前後忘却した。一人で家に帰りついたのだから、車を拾ったのだろうが。

これは私にとって、実に一大驚愕の事件であった。旧制高校で初めて酒を飲んで以来何十年、私は飲んでも多弁にこそなれ、我を忘れたということはただの一度もなかった。いわゆる酒の上の失敗というのも、一度もない。

茫然と夜明けまで椅子に腰かけていた私の頭の中に、いつかN先生のことが浮んでいた。こんなふうになったのはN先生のせいだと、ぼんやり私は考えていたようだ。

イニシャルで書くことなどないのだが、こういうことというのは黙って胸の内にしまっておけばいいもので、人さまの眼にさらすことはないだろうというもやもやした気持と、なにもN先生のせいだときめることはないだろうというもやもやとが合わさって、それが誰であるかはやがてすぐ分るはずだのに、私にイニシャルを使わせるのである。

正気で歩いていて、何やら均衡のとれぬ気のすることが、その後一、二度あった。私は水泳部と馬術部のキャプテンの経験あり、そういう点では自信があったのだが、ある晩、これは一人で飲んで、二合ほどの微醺程度だったのに、わが家の入口の敷石にはたりとつまずいて額を割り、小さな洗面器に半分ほど血を出した。N先生のせいだ、と、血を洗いながら酔った頭で考えていた。

四月、三十年来使い馴れたわが家の階段を、これは一滴も飲んでいない真昼間に滑って、大したことはないと思ったのが左腕脱臼部に橈《とう》骨の破片が二つはさまって、入院の全身麻酔手術ということに相成った。

そういうふうにして年齢《とし》というのはとって行くものだよといってくれた友人あり。決して反対はしないが、それにしても何やら異常なのである。

が、とにかくこれで済んだと思っていた。

そしたらこの夏、ある新聞の対談で、対談の終ったあとの雑談に、自分が何をしゃべったか全く記憶がないという体験をした。

生れて二度目の大驚愕であった。

N先生と、半世紀に一年足りぬおつきあいはあった。が、いつやら先生、「淫せぬかぎりでの交友」は変りなく続いていると書いて下さったが、淫せぬもいいところ、お互い君子でもないのにその交りや淡々どころかそっけないほどで、一度もお会いしなかった年さえあるかも知れぬ。それに先生は関西人、私は東京人、感覚の上でも性格的にも、時におっと思うほど違うことがあった。

それが、今年の一月先生が再入院されるや、私は急にはたりと仕事が手につかなくなってしまった。

正直いってこれが自分にも不思議に思えたことは、弔辞でも読み、追悼文のいくつかにも書いた。

仕方がないから旧知初見の本を読みちらして日を過した。カフカから『三銃士』までの幅の中には、初めて接するミステリなるジャンルもはいっていたが、どれも一向におもしろくない。そんな中で、杉本秀太郎さんの『伊東静雄』にどこかを刺されたりした。

考えてみると、ともかくも戯曲を書く人間、というものに私をしてくれたのは先生である。大学にはいるやいきなり先生の英国古典劇の演習と英米演劇の講義が三年間ぶっ続き、これで、少々演劇づいて入学した私は完全に演劇学者になろうときめ、それが卒業の頃劇作志望に変ったのは別の理由だが、いきなり多幕劇を二本書き、その一つは後の『風浪』だがN先生と山本安英さんに持ちこんだ。先生は読後感をいってくれたけれども、もっと書いてみろとも何ともいわれなかったのは、あれが先生の常に持たれた教育者的（？）態度だったように思う。〝やるんならやれ〟但し自分で、と、口ではなくからだでいっていられるようであった。そっけない感じはそこにもあった。山本さんは「もっと書いてごらんなさいよ」と勧めてくれた。

戦争の進行と共に殺風景になった研究室で一九四三年のある日、ひょいと先生が、いま出とる「全国昔話記録」あれはおもしろいぜといわれた。私はその足で発行所の三省堂へ行き、そのシリーズで店にある限りの数冊を求めてたて続けに読み、たて続けに四、五篇の一幕劇に書いてN先生と山本さんに閲読を強いた。『彦市ばなし』以下戦後みなそのまま上演したが、中の一つ『鶴女房』だけは戦後書きなおして上演したのが『夕鶴』である。

昨年七月、この作品の一〇〇〇回目の公演が福島で持たれた。舞台と客席と一所に乾盃をやろうということになって、その乾盃の音頭をとって下さいませんかと先生に電話をかけた。「そうやなあ——うん、ちょうど那須（の別荘）へ行っとるから」行ってもいいという返事を頂き、当日、満員の客席を前に音頭をとって下さった。随分疲れていられるなあとは思ったが、病気とは考えてもみなかった。

二次会の会場に移り、何人かの人々が短い祝辞を述べられた。立食パーティだから、祝辞など聞かずにあちこちがやがや雑談している人が多い。司会者が突然、ではN先生にもといったので私があわててとめようとした時には、もう壇の上に立っていられた。そして私との最初のかかわりから始めて、「ちょっと時間を貰うてもええですか」と腕時計を外し、あの私の習作多幕劇のこと、アイァランド演劇と民話の関係から私に日本の民話を勧められたことその他、そして最後に今日の日本と世界が、〝人は獣に及ばず〟（これは司馬江漢の言葉で先生の著書の題名でもある）、つまり『夕鶴』のつうのそれに及ばぬ与ひょうたちの世界になり下っていること、この芝居を見た人たちはそれをよく考えてほしいこと——きちんと約十分、壇を下りて、あとは疲れとるからと、そのまま宿へ戻られた。

それが七月下旬、そして第一回の入院が八月中旬だった。その時は単なるポリープ切除だったが、そこで肝臓癌の相当の進行が発見され、今年一九八五年一月に二度目の入院、そして二月二十日没であった。

今でもふっとやりきれない気持になるのをまぎらしてくれるように、七年前この雑誌（「文藝」）に載せた『子午線の祀り』第三次公演の稽古が現在の私を忙しがらせている。その中である日ひょいと、森有正はフランスで死んで骨になって帰って来たが、彼がもし日本で寝こんでおれが最後までみとっていたら、おれはやっぱりこんなふうになっていたか。――

そう思ったら、なぜか少し気が落ちついた。

初めの頃のN先生と、先生のあの最後のスピーチの切り口が合って、私の中に一つの終結を確認させられた気がした。

小さな兆候こそ

年が変ったからといって特別の感想もないけれど、このところちょいちょい私が思いだすのは、前にもどこかで引いたことがあるが、丸山真男君が『現代政治の思想と行動』の中に紹介しているあのエピソードである。私の勝手なことばでいいなおしてみると——

あるアメリカ人が、第二次大戦後のドイツへ行って、いろんなドイツ人に、あなたはあのひどいナチス政治の下で、どうして平気で暮らしていられたのですかと聞いて歩いたのへ、例えば一人の言語学者（だからインテリだ）は、おおよそこういったというのである。

つまり、あの当時日常の生活に忙しく追われている一般市民には、「ナチ『革命』の全過程の意味を洞察」できるような「高度の政治的自覚」を持つことはとても望みがたいことであった。

ナチスが政権を取った年のある日、ドイツ人の経営する商店の店先に「ドイツ人の商店」という札がさりげなく張られたとき、一般人は何も感じなかった。

またしばらくしたある日、ユダヤ人の店先に黄色い星のマーク（ユダヤ人であることを示す）がさり気なく張られた時も、それはそれだけのことで、それがまさか何年も先の、あのユダヤ人ガス虐殺につながるなどと考えた普通人は一人もいなかったろう。

つまり、「ナチ『革命』の全過程の意味を洞察」できる普通人はいなかったのだ。きのうに変わらぬきょうがあり、きょうに変わらぬあしたがあり、家々があり、店があり、仕事があり、食事の時間も、訪問客も、音楽会も、映画も、休日も——別にドイツ一般民衆の思想や性格がナチスになったわけでは全くないのだが、気のつかない世界（＝ドイツ社会）の変化に、彼らは「いわばとめどなく順応したのである」。そしてナチスが政権を獲得した一九三三年から七年がたって、あのアウシュヴィッツが始まったというわけだ。

ふり返って考えてみれば、「一つ一つの措置はきわめて小さく、きわめてうまく説明され、〝時折遺憾〟の意が表明される」のみで、政治の全過程を最初からのみこんでいる人以外には、その〝きわめて小さな措置〟の意味はわからない。それは「ほんのちょっと」悪くなっただけだ。だから次の機会を待つということになる。そう思う自分に馴れてしまっているうちに、事態は取り返しがつかなくなってしまった。「もしナチ全体の体制の最後の最悪の行為が、一番はじめの、一番小さな行為のすぐあとに続いたとしたならば」、何百万の普通の人間も反抗に立ち上がったろうに——

以上はもちろん極端なケースである。しかし私は、きのうに変わらないきょう、きょうに変わらないあした、と感じてしまう自分が非常に恐ろしいと思う。

太平洋戦争に日本がのめりこんで行ったのは、私が大学を出てすぐのことだが、その時はきのう、きょう、あすと、ずいぶんひどい変わり方があった。東大総長にある日海軍中将がなったという一事からもそのことは分るだろう。そしてその急激な変化は、命をかけない限り、抵抗などを許すものではなかった。

しかし、その激烈さへ行く前の十数年を考えてみると、それはその激烈さを準備するための十数年のようなもので、そしてその十数年というものは、きのうに変わらぬ（ように見える）きょう、きょうに変わらぬ（ように見える）あしたの連続だったと思うのである。そのあいだには、〝一般の人〟にも何かの抵抗が可能だったはずだ。そして今のわれわれは、あのころの人たちより、少しは「全過程の意味の洞察」ができる目を持っているはずである。

声(あるいは音)

少なくとも戦後、私は一貫して相当強い耳鳴に悩まされ続けているというエッセイを先日某誌に書いたら、私が少々ひねって書いたせいもあろうが、某氏から、耳鳴は音ですかという、少々奇想天外の質問を受けた。

質問は奇想天外だったが、私は即座に答えて曰く、いや、音じゃないでしょう。だって僕の、ことに右耳では昼夜相当大きな耳鳴が鳴り続けているけれど、誰かが耳をぼくの耳にくっつけてみたって音の聞えるはずがない。耳鳴はやはり実音ではなくて神経音（そういう用語があるかないか知らないのだが）でしょう。

それでやめておけばよかったのだが、私が、では〝耳内騒鳴〟という病気を知っていますかと逆に聞いたことから話がややこしくなった。それは何です？　私が百科事典を引きながら、それは自分の体内音が聞えることで、耳垢の動き、口蓋筋の筋肉雑音、動脈、静脈の血流による血管性雑音が音源で――ではそれは実音ですね？　と質問者がいった。そうだなあ、実音でしょうねえ。けど――と私がいった。実音でも普通の人には聞えない。それが聞えるというのはやっぱり神経音で――しかし、実音がしてることは確かだから、そうすると——

というあたりから先は、医者でないわれわれがいくら論じてみても仕方のない雑談に終ってしまったのだが、この雑談から、音とも声ともいえないあることがらを、これが初めてではむろんないけれども、久しぶりに改めて私は考えた。

私は芝居書きで役者ではないから、〝声〟が直接自分の問題ではないが、それでもたぶん、一般の人よりは声というものが気になるのだろうと思う。

しかし芝居書きの中では、気にならないほうではないかと思う。

なぜかというと、戯曲を書きながら、自分の書いた、あるいは書こうとしているせりふを口でいってみるという劇作家の話をよく聞くが、（そしてそういう人は、たぶん装置、つまり舞台の風景をも脳裡か紙かに描いてみるというふうなのではないかと思うが）、ということは、声のことでいえばそれぞれの役の声音《こわね》を自分の耳で聞きながら戯曲を書いているのではないかと思うが、ふしぎに私には一切そういうことがない。私はせりふを書きながら、それが舞台でどんな顔をしたどんな人のどんな声音で喋られるかを考えてみたことがない。あるいは考えることができない。

その代り抽象的な声が——抽象的だから音といってもいいのだが——私の頭の中に響いている。「ぼくはそうは思わないんだがねえ」と例えばいうような平凡な分節言語——とこの際いっていいのかどうか——を、それらの音は語りはしない。語りはしないけれどもそのせりふは、その抽象音によって——何といったらいいか——支配されているのである。

しかし普通の芝居を書いている時は、これは別に大した問題にはならない。この抽象音が具体的に役に立つと私に感じられるのは、シェイクスピアの戯曲の翻訳とか、自作でいえば、例えば『子午線の祀り』などの場合である。

後者のほうを先にいうと、この作品の中で私は古語と現代語をまぜこぜに使った。例を挙げないと説明にならないから敢えて引くが、第一幕冒頭で——

知盛　〔前略〕おん舟には人多く混み乗って、馬立つるびょうもなかりければ、頭《かしら》を磯へ引き向け、一鞭当てて汀へ追っ返す。

重能　やあ新中納言殿、その馬そのまま追っ返されましたでは、磯へ泳ぎ戻ってあの名馬、かたき源氏のものになってしまいます。阿波の民部大夫《たいふ》重能《しげよし》、射ころしましょう。

これに類するもっと極端な場合や、〝群読〟の場合や、あるいは一人のせりふの中で古文体が言文一致体に変って行くケースを私に可能にさせてくれるのは、どうもかかってあの頭の中に響く抽象音にあるという気がする。その一本の音（あるいは声）が乱れなければ、言葉がどう変ってもいいのである。

シェイクスピアの場合でいうと、私は戦後間もなくの頃、加藤道夫たちと、ライエルさんという早稲田の先生のイギリス人からシェイクスピアのデクラメイション、つまりせりふの発声の抑揚強弱を教わった。ライエルさんは無類の芝居好きで、それも古風な、いわばくさいほどのメリハリが好きだった。そのことが少なくとも私に幸福だったのは、今の英国では聞かれないような、いわば十九世紀的などぎついといってもいいメリハリが、とつ国人の私などに、却ってシェイクスピアのせりふのはっきりした意味、微妙なことばの使い方などをのみこませてくれたという気がするからである。

するとと私は、シェイクスピアを訳すとき、やはりあの抽象音が頭の中を走るのだが、ここのせりふをライエルさんが、例のよだれをたらしそうに嬉しそうな顔で朗誦されたとすればどういうふうだったろうかと、その抽象音で以てたどるのである。頭韻や脚韻や語呂合わせの場合なども同じであって、結果としての訳語にどれだけそれが表せたかは心もとないが、結果よりもむしろその抽象音にたよって訳している過程が私には楽しいのである。

そういえば創作劇の場合でも、多く私は、稽古の過程や上演の結果より、独りで書いているその時に最も喜びを感じる人種なのだが。

耳鳴は音かという問題からとんでもないところへ話が行ってしまったが、音または声という問題を、もっと突っこんで考えてみなければいかんと、私は思っている。

簡単な例をあげても、誰でも経験しているように、二日か三日おきの、時刻は朝か夕方に電話がかかってくる。まずこちらの名前を聞く向うの声で、誰でも用件は分ってしまうだろう。必ず株や証券かマンションかの話で、その声音のお蔭で、私は相手の名前を聞く前に「そういうことはうちは一切関係ありませんから」といって電話を切ることができるのだが、あの声音の類似は一体どういうわけだろう。そうかと思うと、芝居やテレビで、これは確かに坂本竜馬の声だ、とか、織田信長の声だとかいうのにぶつかることがある。誰も聞いたことのない声だのに。

声という問題は、今までの学者の研究以外にも、まだまだ考えさせる問題を持っているようだ。

芝居が好きでない

こういうことというのは、たぶん黙って自分の中にしまっておけばいいことなのだろうと思う。だが何となくいってみたい気もするし、それに断片的になら今までにいったり書いたりしたこともあるし、それでついいらんおしゃべりをするわけだが、どうも私という人間は、芝居があまり好きでないようである。そういうと大抵の人が笑うが、ただ戯曲を書くことは大変好きで、だから劇作家と呼ばれてもいいのだろうけれども、書いた自作の上演や、一般的に観劇ということになると、関心が甚だ薄い。年間に芝居を観るのはせいぜい数回、それも大体自発的でなく、何かの関係で仕方なしに——は少々大げさだが——出かけるということが多いようである。

そういう私でも、やむを得ず、演出者という立場に立たされざるを得ないことが稀にあるが、それについては十年も前に、ある芝居の演出をしなければならなくなった時の公演パンフレットに書いたことがある。「演出というのは私の仕事ではない、あれは自分とは別の仕事だ、という気持がいつもある。／弁解や謙辞としていっているのではないので、それは舞台の形を整えるぐらいのことなら私にだってやれないことはないと思うが、何とも知れぬ雑用から芸術にまで至るさまざまな手続きを当りまえの前提とした上で、役に生きている人間たちの綜合を一つの自立自転する世界の創造にまで持って行くという至難の事業が演出というものであるとすれば、自分はそういうことのために生れたのではないと考える。」

芸術的にどうこういう前に、まず私は稽古場という所に坐るのがニガテである。モームという大小説家は芝居でも連続大当りを取り続ける一時期を持った人であり、そしてみずからその時期を打切って小説に戻った芸術上の理由は、戯曲の頂点は詩劇にあり、しかし自分には詩劇は書けないということであったようだが、後に、「これは自叙伝ではないが」ということばで始まるおもしろい自叙伝がある。その中に、個人としては愛すべき俳優が多いけれども、集団としての人間は、またその人間たちとの協同作業は自分はニガテであるというくだりがあり、この一点だけにおいて、私は大モームと軌を一にするといえる。演出者宇野重吉は私のそういう性癖をよく知っているから、上演作品についてのディスカッションは彼と私の一対一、そしてなるべく稽古場へ私を引っぱり出さないようにいつも配慮してくれる。

やや芸術に立ち入っていうと、戯曲を書いている時の私の思考が、どういう意味かで抽象的なのだと思う。

私は書きながら、ドアが右手にあるのか左手にあるのか、それはドアなのかカーテンなのか、壁の形がどうで色がどうなのか、そういうことは頭の中にほとんど全く浮んでいない。どういう顔の人がどういう衣裳を着ていてどういう声を出すのかも浮ばない。

作並びに演出、ということをよく聞くが、ああいう作家はきっと書きながら、右のような形や色や声が具体的に浮んでいるのだろうと思う。書きながらそのせりふを声に出してみるという劇作家のことも時々聞くが、私は全くそういうことをしないのではなくて、できないのである。

従って、特定の俳優を考えて書くということも、しないのではなくてできないのだろう。ただ三つの例外は『夕鶴』の山本安英、『オットーと呼ばれる日本人』の滝沢修、そして『雪女』の中村歌右衛門。第一のケースは自然とそうなり、二番目のは意識的にそうして、そして最後の場合は失敗した。

抽象的ということをせりふについていうなら、せりふを書きながら、そのせりふは抽象的な音として常に私の頭の中に響いている。そのことが自分でもおもしろいのは、例えばシェイクスピアの翻訳をしている時など、原文でのデクラメイションでならこうもあろうかという音を、日本語でならこうなるかというふうに、いわば音の翻訳を――抽象的だから可能なのだろうと思うが――頭の中で私はやっているようである。

『平家物語』の原文をそのまませりふに使って、それをだんだん現代語のせりふにつなげて行くところなどでも、私はそれに似た操作をやっていたようだ。そしてそういう操作が、私にとっては大変おもしろい仕事なのである。少々強くいうと、そういう操作こそが、もっと強くいうと、だけがおもしろくてあとはあんまり関心がない、などということを、よせばいいのに時々口にしたりするものだから、私は俳優諸君から人気がないのである。

どういうことなのだろうこれは、と、さすがに時々自分でも思うことがあるのだが、そう思って考えてみても、結局はよく分らない。

視覚型、聴覚型、ということばがあるが、そういう用語を使ってみても、説明はつかなそうである。

私が戦後一貫してひどい耳鳴りに悩まされていることはいつか書いたことがあるけれども、そんなことは別として、私の耳は平凡な耳であり、人並み以上に音楽が好きというわけでもない。とすると——今、というのはこの原稿を書いている今だが、ふいと新語を思いついた。心理的聴覚型。なるほど、そういうふうにいえば、私はそういうふうであるといえそうである。

やはり一種の片輪なのかも知れないとも思う。だが、もしそうではない健全な劇作家で私があったなら、女優さんたちからも人気が出て、もう少しは違った人生が持てたかも知れないなどと、一向に考えもしないのである。

宇野重吉よ

宇野重吉が死んだ。どのような言葉を使っても、この事実を受けとめ切れない思いが今の私にある。追悼の辞を並べるなど、しらじらしい気がするだけだ。にもかかわらず筆をとるのは、探しても言葉がみつからぬ彼への思いを、やはり今、絞り出すようにしてでも書きつけておくべきだという声が、私の内でするからである。私的な思い出――思い出というこの言葉を使わねばならなくなってしまったことが何としても、何としても残念なのだが――から書き始めてみるほかない。

彼と初めて会った時の記憶がおぼろげなのだが、敗戦後二年目に発表した私の最初の長篇戯曲『風浪』を、彼の新協劇団が上演したいというので、その年、つまり一九四七年に私と会った（そして断られた）のが最初の出会いだったと、彼は彼のエッセイの中でユーモラスに書いている。そういえば、去年〝宇野重吉一座〟巡演で彼が演出・出演した『三年寝太郎』を私が「朝日評論」（という雑誌が当時朝日新聞社から出ていた）に書いたのもその年である。年齢は同じだが、演劇歴では十数年の先輩である彼は、私の演劇生活の最初からつきあってくれていたわけだ。そしてその後の四十年間に、十何本かの戯曲や放送劇の演出者、俳優として私につきあってくれた。

つきあいというなら、演劇外での、というより人間としてのといったほうがぴったり来るが、人間としてのつきあいは絶えることがなかった。二人だけの時も、三人の時も、そして三人というと、三人同い年の五黄の寅である尾崎宏次との時がほとんどだったが、五人、六人で話しあう時も、そこに大抵酒があり、彼は大抵痛快に酔っぱらい、十二分な思慮分別の持ち主である癖に、時に突拍子もない激烈な論を、こちらが吹き出さざるを得ないあの独特に愛すべき持ち味で吹き散らかした。

だがそこで大事なのは、いくら激烈な論であっても、それが激烈過ぎるという点を除けば、きまって確かな正論だったということだ。

そこのところを改めて考えてみるに、彼はまさに正論の士であった。それを生きかたについていえば、彼はまさに筋を通して生きぬいた。彼の筆によると、「芝居を勉強するには実際にやって見るに限ると思って、築地のプロレタリヤ演劇研究所へ行った」、それが今から五十六年前の一九三二年とある。今日ではその言葉を使う人もあまりなくなった、しかし当時としてはそれを実践することが時としてそれこそ命がけともいえた〝プロレタリア演劇〟の精神を、最後まで彼は貫いたと私は思う。もちろんその生硬なイデオロギーに捕らわれることなど全くなく、しかしその精神の上に立つ演劇活動の幅をいかに柔軟にひろげていかに美しい花をそこに咲かせるかという事業に彼は専心した。

長年の願望であった〝宇野重吉一座〟なるものを去年作り、幟《のぼり》をかついで全国の小さな町や村を回って歩いた（そしてそれをどこまでも続ける積りであった）彼の考えを、私は次のように推しはかる。

すなわち、大きな都会で、十日二十日と良い芝居を打ち続けることにはむろん大きな意味がある。

が、同時に、生まれてから本格の芝居を見たこともない人々がつつましく日々の生活をいとなんでいる遠い地域へはいって行ってまさに本格の芝居を見せ、その反響をこちらが確かに受けとめるということにも、同じように大きな意味がある。この両方が一つになって動いて行くところから、演劇芸術の本当の種はふくらんで行く。――

劇団民藝という大劇団の大きな活動と、〝一座〟という旅回りのこまやかな活動と、その統一の向こうにこそ、理想とする演劇は生まれるのだと彼は確信していたと、私はほとんど確信する。

それにしてもあれだけの大所帯を切り回して行くために、どれだけ彼は、休むひまなく心身を磨《す》り減らしたことか。しかしその心労もまた、理想とする演劇芸術を生み出すための一つの仕事なのだとして彼は最後まで働き続けた。

その道のためにまさに殉じた宇野重吉よ、今はただ安らかに眠れ。

螺旋形の〝未来〟

去年の秋、中村哲への弔詞を書きながら、ああとうとうおれも一人になったという感慨を押さえられなかった。一人に、というのは、敗戦直後の一九四七年に発足した〝未来〟というグループを頭に浮かべてのことで、そのメンバーは中村哲のほか、杉浦明平、内田義彦、丸山真男、野間宏、寺田透、石母田正、岡本太郎など二十人足らず。これまでそれぞれが専門ごとに立て籠っていた文化状況を破って、〝専門を超える連帯〟をつくり出そうという主旨で、集まるごとに、当時は入手困難だった酒を、パトロンの出版社が差し入れてくれたのを酌みかわして侃々諤々《かんかんがくがく》、その時々の時事的問題から無駄話（これが意外に後年意味を持つことあり）、賑やかなことであった。ダべるだけでなく、五〇年代後半の砂川事件、この時は堀田善衞と民家に幾晩か泊まりこんだり、六〇年安保など。

彼らがみな居なくなった今、一人残された私は、私との〈共同生活者〉進藤とみ子の、専門の茶道のほかにもやりたいことのいろいろを犠牲にしてくれての献身がなかったら、少なくとも十年前には確実に消えていたはずだったのだがとつくづく思う。現在私は、僅かに残されている余生の中で、進藤の払った犠牲にどう応えるかを考えながら、生涯の締めくくりとなる少なくない残務整理に日を送っている。

ところで、さて、一人になって改めて考えることは、あの〃未来〃グループで論じた日本と世界の未来、それが現在どのくらいまで進み、どのくらいまで展開しているか、またはいないかということだ。私の考えでは、あの頃われわれが考えた進歩や発展は現在見ることができない。そしてそれは当然だという気が（気も）する。それを世界のこととして言うのはむろん私の手に余るから、一種抽象的な論として言うと――。

以下は去年ある雑誌に載った自分の文章からの半ば剽窃だが、思想や歴史の発展には一直線のありかたと同時に、螺旋形とでもいうものがあるはずだと考える。

つまり、過去を清算しない限り未来は開けてこないという一面がある一方で、過去は決してきれいさっぱりと清算できるわけがないというもう一つの面がある。これはまさに明白な矛盾だが、それをもっと正確（？）に言うと、個人にも世界にも、発展は螺旋形を描くという側面がある。

ただ、いま矛盾と言ったが、実は矛盾とは少々違うのではないかというのが、螺旋形と言うことの意味である。つまり人間の思考というものは、常に過去を引きずりつつ、その引きずりを少しずつ断ち切りながら、しかし少しずつ引きずりながら伸びて行くものだ。それをいま螺旋形と言ったのだが、そのことを言いかえて、人は多かれ少なかれ時代の中で、半ば無意識のうちに〃流されて〃いると言ってもいいかも知れない。そしてあとになって、ああ、あの時おれは流されていたなと思い返すことは、螺旋形の輪を一つ登ったことになるだろう。そして、そう思ったその時にも実は自分が流されていたということに、その次の輪をまた一つ登ったところで（その時もまた流されていることに気づかぬまま）人は気づく。

そして、個人ではない歴史というものも、（余りに少々大ざっぱなことは承知でいうのだが）それに似た〝発展〟をして行くものではないかと考える。

いま世界は大混乱の状態を重ねていると言えば言えるが、大か小かは別として、過去を考えてみても、世界はいつも、部分でか全体としてか、混乱して来た。そしてそれを正そうという努力もまた常に、部分でか全体としてか、払われて来た。その流れの中に今日現在もまたある。という意味で、今日現在も世界は螺旋形で発展しつつあると言ってはいけないか。

中村哲の弔詞を書きながら、久しぶりに〝未来〟の集まりのことを思いだして、頭の中であれこれひっくり返しているうちに、以上のようなことを考えた。こういう意見をもし〝未来〟の会の集まりでしゃべったら、叩《たた》かれるか賛成されるか、さぞや喧々囂々《けんけんごうごう》の次第に相なることだろうが、たった一人残された者として、逝ってしまった面々に手向ける、この一文もささやかな花束のつもりである。

初出一覧

カミュ『誤解』を読んで――一九五一年に　「演劇」一九五一年八月
民話について――劇作家として考える（原題「民話管見――劇作家の立場から」）「文学」一九五二年五月
日本が日本であるためには　「毎日新聞」一九六二年六月一七日
「流される」ということについて（初出未詳）一九六三年
一九六五年八月十五日の思想（原題「忘れてはならないこと――八・一五記念国民集会の記録」）「世界」一九六五年一〇月
日本ドラマ論序説――そのいわば弁証法的側面について　「展望」一九六六年六月
芸術家の運命について（原題「芸術家とは何かについて」）「群像」一九六七年一〇月
ある文学的事件――金嬉老が訴えたもの　「毎日新聞」一九六八年二月二九日
シェイクスピアの翻訳について――または古典について　「図書」一九六九年三月
丸山先生のこと　「日本談義」一九七〇年五月
〝断ちもの〟の思想　「朝日新聞」一九七二年一月一一日
寥廓　「潮」一九七八年四月
再び「流される」ということについて　「京都新聞」一九七八年九月一五日
森有正よ　「展望」一九七八年一二月

加藤周一氏の文体について　『加藤周一著作集15』月報　平凡社　一九七九年一一月
『平家物語』はなぜ劇的か　『図説日本の古典9　平家物語』月報　集英社　一九七九年一二月
茨木のり子さん――「が先決」をめぐって（原題「「が先決」をめぐって」）『現代の詩人7　茨木のり子』中央公論社・一九八三年七月
議論しのこしたこと――ウスマン・サンベーヌ氏　「文学界」一九八四年五月
複式夢幻能をめぐって　『日本文化のかくれた形』岩波書店　一九八四年七月
東京裁判が考えさせてくれたこと　『国際シンポジウム「東京裁判」』報告　一九八三年五月二十九日
『夕鶴』の記憶　「毎日グラフ」一九八四年八月二六日
私が決断したとき　「サンデー毎日」一九八四年一〇月二八日
四〇年　「群像」一九八五年八月
ある終結　「文藝」一九八五年一一月
小さな兆候こそ（原題「平和破る兆候見逃すな」）「朝日新聞」一九八六年一月一日
声（あるいは音）「群像」一九八六年一月
芝居が好きでない　「群像」一九八八年一月
宇野重吉よ　「朝日新聞」一九八八年一月一一日
螺旋形の〝未来〟「朝日新聞」夕刊　二〇〇四年一〇月一四日

著書一覧

＊単行本及び作品集等を掲載し、文庫等での再刊本、各種文学全集への再録、共著、訳書等は除いた。
＊民話等による絵本、民話劇、オペラ等の上演台本は除いた。

『山脈（やまなみ）』世界文学社　一九五〇年二月
『夕鶴』弘文堂アテネ文庫　一九五〇年一〇月（未來社　五一年一一月）
『三角帽子』未來社　一九五一年一一月
『蛙昇天』未來社　一九五二年六月
『風浪』未來社　一九五三年二月
『私たちのシェイクスピア』筑摩書房　一九五三年四月（「新版」一九六二年）
『木下順二ラジオ・ドラマ選集』宝文館　一九五四年八月
『演劇の伝統と民話――木下順二評論集Ⅰ』未來社　一九五六年九月
『芸術と社会への眼――木下順二評論集Ⅱ』未來社　一九五六年一一月
『木下順二放送劇集』未來社　一九五七年六月
『日本民話選』岩波少年文庫　一九五八年一二月
『ドラマの世界』中央公論社　一九五九年五月
『わらしべ長者』岩波書店　一九六二年一一月
『オットーと呼ばれる日本人』筑摩書房　一九六三年三月

『冬の時代』筑摩書房　一九六四年一〇月
『日本が日本であるためには』文藝春秋新社　一九六五年七月
『花若・陽気な地獄破り』未來社　一九六六年五月
『無限軌道』講談社　一九六六年六月
『夢見小僧』平凡社　一九六六年一二月
『白い夜の宴』筑摩書房　一九六七年六月
『ドラマとの対話』講談社　一九六八年三月
『随想シェイクスピア』筑摩書房　一九六九年七月
『神と人とのあいだ』講談社　一九七二年五月
『To Be, or Not To Be　木下順二対談集』筑摩書房　一九七二年五月
『シェイクスピアの世界』岩波書店　一九七三年一月
『忘却について』平凡社　一九七四年一〇月
『私たちのシェイクスピア』ちくま少年文学館　一九七五年一〇月
『歴史について』毎日新聞社　一九七六年四月
『運命のこちら側』講談社　一九七六年五月
『古典を訳す』福音館書店　一九七八年五月
『龍が見える時』三月書房　一九七八年六月
『子午線の祀り』河出書房新社　一九七九年二月

『白河殿の戦い――保元物語』平凡社　一九七九年五月
『楽天的日本人』作品社　一九八〇年七月
『寥廓』筑摩書房　一九八〇年九月
『ドラマが成り立つとき』岩波書店　一九八一年七月
『本郷』講談社　一九八三年三月
『ドラマに見る運命』影書房　一九八四年三月
『ぜんぶ馬の話』文藝春秋　一九八四年七月
『絵巻　平家物語』（全九巻）ほるぷ出版　一九八四年一一月～九一年一月
『平家物語』岩波書店　一九八五年一月
『議論しのこしたこと』福武書店　一九八六年八月
『人間・歴史・運命　木下順二対話集』岩波書店　一九八九年六月
『巨匠』福武書店　一九九一年一〇月
『『マクベス』をよむ』岩波ブックレット　一九九一年一一月
『あの過ぎ去った日々』講談社　一九九二年一二月
『〝劇的〟とは』岩波新書　一九九五年八月
『無用文字』潮出版社　一九九六年一〇月

＊

『木下順二民話劇集』（全三巻）未來社　一九五二年三月～五三年一二月

『木下順二作品集』（全八巻）未來社　一九六一年七月〜七一年五月
『木下順二評論集』（全一一巻）未來社　一九七二年一一月〜八四年二月
『木下順二戯曲選』（全四巻）岩波文庫　一九八二年七月〜九九年一月
『木下順二集』（全一六巻）岩波書店　一九八八年一月〜八九年五月

編集のことば

松本　昌次

「戦後文学エッセイ選」は、わたしがかつて未來社の編集者として在籍（一九五三年四月〜八三年五月）しました三十年間で、またつづく小社でその著書の刊行にあたって直接出会い、その謦咳に接し、編集にかかわらせていただいた戦後文学者十三氏の方がたのみのエッセイを選び、十三巻として刊行するものです。出版の一般的常識からすれば、いささか異例というべきですが、わたしの編集者としてのこだわりとしてご理解下さい。

ところでエッセイについてですが、『広辞苑』（岩波書店）によれば、「①随筆。自由な形式で書かれた個性的色彩の濃い散文。②試論。小論。」とあります。日本では、随筆・随想とも大方では呼ばれていますが、それは、形式にこだわらない、自由で個性的な試みに満ちた、中国の魯迅を範とする〝雑文（雑記・雑感）〟といっていいかと思います。つまり、この選集は、小説・戯曲・記録文学・評論等、幅広いジャンルで仕事をされた戦後文学者の方がたが書かれた多くのエッセイ＝〝雑文〟の中から二十数篇を選ばせていただき、各一巻に収録するものです。さまざまな形式でそれぞれに膨大な文学的・思想的仕事を残された方がたばかりですので、各巻は各著者の小さな〝個展〟といっていいかも知れません。しかしそこに実は、わたしたちが継承・発展させなければならない文学精神の貴重な遺産が散りばめられているであろうことを疑わないものです。

本選集刊行の動機が、同時代で出会い、その著書を手がけることができた各著者へのわたしの個人的な敬愛の念にあることはいうまでもありません。戦後文学の全体像からすればほんの一端に過ぎませんが、本選集の刊行をきっかけに、わたしが直接お会いしたり著書を刊行する機会を得なかった方がたをも含めての、運動としての戦後文学の新たな〝ルネサンス〟が到来することを心から願って止みません。

読者諸兄姉のご理解とご支援を切望します。

二〇〇五年六月

付記

本巻収録のエッセイ二九篇のほとんどは『木下順二集』全一六巻（岩波書店　一九八八年一月〜八九年五月刊）を底本としましたが、それに収められていない数篇については、収録単行本及び初出発表紙等によりました。

本巻の編集にあたっては、宮岸泰治氏にひとかたならぬお力添えをいただきました。末尾ながら記して深い謝意を表します。

なお、校正については、著者から一任されましたので、不備の点がありましたら、その責任はすべて小社編集部にあります。

木下順二《きのしたじゅんじ》（1914年８月～）

木下順二集《きのしたじゅんじ》
――戦後文学エッセイ選８
2005年６月20日　初版第１刷
著　者　木下《きのした》　順二《じゅんじ》
発行所　株式会社　影書房
発行者　松本昌次
〒114-0015　東京都北区中里3-4-5
ヒルサイドハウス101
電　話　03（5907）6755
ＦＡＸ　03（5907）6756
E-mail : kageshobou@md.neweb.ne.jp
http://www.kageshobo.co.jp/
振　替　00170-4-85078
本文・装本印刷＝新栄堂
製本＝美行製本

定価　2,200円＋税
（全13巻・第２回配本）
ISBN4-87714-332-7